LUKAS MAISEL

# WIE EIN MANN NICHTS TAT UND SO DIE WELT RETTETE

ROMAN

ROWOHLT

*Unglücklich das Land, das Helden nötig hat.*
*LEBEN DES GALILEI*, BERTOLT BRECHT


*Gentlemen, you can't fight in here!*
*This is the War Room!*
*DR. STRANGELOVE*, STANLEY KUBRICK

Stanislaw Petrow lebte mit Frau und Kindern in einem Städtchen, das auf keiner Karte zu finden war. Der Name des Städtchens war auch auf keinem Straßenschild oder Busfahrplan zu lesen. Wenn Petrows Kinder ihre Großmutter in Odessa besuchten, durften sie niemandem erzählen, woher sie kamen. Fragte sie jemand danach, sollten sie das Gespräch abbrechen und wegrennen. Niemand außerhalb des Städtchens durfte wissen, dass es existierte.

Das Städtchen wirkte wie ein gewöhnliches Städtchen, es gab Geschäfte, eine Schule und sogar ein Sportstadion. Einem Besucher von außerhalb wäre aufgefallen, wie neu und gepflegt hier alles war. Nur gab es keine Besucher. Zumindest fast keine. Die einzigen Besucher waren Soldaten, die auf Weiterbildung hierherkamen. Niemand sonst durfte das Städtchen betreten, denn es war ein geheimes Städtchen.

Warum es geheim war?

Das hing mit der Arbeit von Stanislaw Petrow zusammen. Im Russischen gibt es das Sprichwort: Auf der Arbeit sprechen wir über das Zuhause und zu Hause über die Arbeit. Nicht so Petrow. Er sprach auf der Arbeit zwar über sein Zuhause, aber zu Hause niemals über seine Arbeit. Nicht einmal seine Frau wusste, was er den ganzen Tag lang tat.

Und was tat Stanislaw Petrow den ganzen Tag lang?

Manche Menschen streben nach Macht. Sie wollen Millionen ihrem Willen unterwerfen und Geschichte schreiben. Andere Menschen suchen diese Macht nicht, sie tun Tag für Tag gewissenhaft ihre Arbeit – und finden sich in einer Situation wieder, in der sie über die Zukunft der Menschheit entscheiden müssen.

So ein Mensch war Stanislaw Petrow.

Wenn Sie diese Geschichte lesen, wissen Sie schon, wie sie ausgehen wird: Dass Sie leben, ist der Beweis dafür, dass sie gut ausgegangen ist.

Stanislaw Petrow wurde zu spät geboren. Nicht weil er seinen Geburtstermin versäumt hätte. Er wurde zu spät im Kalenderjahr geboren. Obwohl er schon lesen und schreiben konnte, musste er sich fast ein Jahr gedulden, bis er zur Schule gehen durfte. Wenigstens hatte das den Vorteil, dass er stets der Älteste seiner Klasse war. Als Väterchen Stalin starb, war er dreizehn Jahre alt. Das ganze Volk weinte, nur Stanislaw Petrow nicht. Ein Junge weinte nicht. Schon gar nicht ein russischer.

Er wurde Anführer der Pioniere und trug mit Stolz zwei rote Plastiksterne am Ärmel. Er ging zum Boxen, zum Schwimmen und zum Schießen, alles kostenlos für die sowjetischen Kinder. Als er mit dem Boxen begann, machte er keine Umwege mehr, um den Banden verwaister Straßenjungen auszuweichen. Er nahm an Ausschreibungen für Nachwuchskonstrukteure teil und wurde für seine Entwürfe ausgezeichnet. Das Einzige, was ihm nicht gelang, war das Schönschreiben. Aber wer brauchte das schon.

Seine Leidenschaft galt dem Himmel. Laut Pythagoras war der Mensch auf Erden, um den Himmel zu betrachten. Der zweitschönste Satz von Pythagoras. Er nahm ihn sich zu Herzen.

«Stasik, warum schaust du immer in den Himmel?», fragte seine Mutter ihn.

Sie sah dort oben nicht, was er sah. Wenn er in Nächten, die dunkel und klar waren, seine taubenblauen Augen zum Himmel hob und den Schleier der Milchstraße erblickte, ergriff es ihn: Es war, als betrachte der Kosmos sich selbst durch seine Augen.

Er beschloss, den Himmel zu seinem Beruf zu machen. Aber wie sollte ihm das gelingen? Weder wollte er Priester werden noch Kampfflieger wie sein Vater. Der war im Krieg abgeschossen und bei der Landung am Kopf verwundet worden.

In Stanislaw Petrows früher Kindheit gab es keine Uhr, sie war nicht nötig: Das Horn der Fabrik taktete ihr Leben. Beim ersten Signal stand sein Vater auf, beim zweiten fuhr er mit dem Fahrrad los, und beim dritten Signal begann er auf dem Flugplatz seine Arbeit als Mechaniker. Er pflegte zu sagen: Immerhin besitzen wir ein Fahrrad, uns geht es nicht so schlecht. Es gab Familien, die besaßen nicht nur ein Fahrrad, sondern auch noch einen Plattenspieler. Das waren reiche Familien.

Wegen ihm, dem Vater, zogen sie ständig um, von Stützpunkt zu Stützpunkt, länger als zwei, drei Jahre blieben sie nie an einem Ort. Jedes Mal, wenn Stanislaw Petrow mühsam ein paar Freunde gefunden hatte, zogen sie woandershin, und seine Suche begann von Neuem.

Dafür lernte er viele schöne Gegenden und ihre Himmel kennen. Er lebte an der Wolga, hinter dem Baikalsee und am Stillen Ozean. Manche Himmel waren von jenem unbeschwerten Blau, in das man Babys kleidete. Andere Himmel waren von einem solch tiefen Blau, dass der Kosmos ganz nah schien, so nah, als könnte man der Erdanziehung durch einen Sprung entgehen. Und einen Himmel gab es, der war so hoch, dass einem schwindlig wurde, wenn man den Kopf in den Nacken legte.

Das war der Himmel über Kamtschatka, am Stillen Ozean, wo Stanislaw Petrow Dienst in einer Radarstation versah. Von all den schönen Gegenden, die er kennenlernte, war Kamtschatka die schönste. Die schneebedeckten Vulkane und die Birkenwälder Kamtschatkas bewunderte er jeden Tag wie mit neuen Augen.

Und er bewunderte die Frau, die in der Militärbasis Filme vorführte. An den Filmabenden kam er stets ein wenig früher und blieb ein wenig länger als die anderen.

«Du bist schön», neckte er Raisa, die Filmvorführerin, «aber Kamtschatka ist schöner.»

Sie lachte ihr Lachen: eine Folge von Hüpfern, die glockenhell die Tonleiter hochsprangen. Als sie ihm dieses Lachen zum ersten Mal schenkte, wusste er, dass er sie heiraten musste. Er schwor sich, ihr Lachen zu beschützen, es gegen alle Widrigkeiten des Lebens zu verteidigen. Niemals durfte es sich verstimmen oder gar verklingen.

Wenn er eine Liste aller Dinge niederschriebe, die er an Raisa liebte, stünde ihr Lachen ganz oben. Er könnte diese Liste endlos fortsetzen. Zum Beispiel damit, dass sie beim Einkaufen aus Mitleid das verformte Gemüse auswählte. Uneingeweihte würden diesen oder andere Punkte als Fehler missverstehen. Doch diese sogenannten Fehler schmälerten seine Liebe nicht, im Gegenteil: Er liebte Raisa nicht, weil sie fehlerlos war, er liebte sie, weil sie Raisa war — und alles, was zu ihr gehörte. Deshalb hätte eine solche Liste, selbst eine endlose, seine Liebe für sie nicht einfangen können.

Und dann, nachdem er an der Wolga, hinter dem Baikalsee und am Stillen Ozean gelebt hatte, wurde Stanislaw Petrow in ein geheimes Städtchen versetzt. Er hatte Radioelektronik studiert und war zu einem Spezialisten für Algorithmen geworden. Er sollte helfen, ein Frühwarnsystem für Raketen aufzubauen, das Amerika schon besaß und der Sowjetunion noch fehlte.

Nun hatte er es endlich geschafft, nun hatte er den Himmel zu seinem Beruf gemacht.

Er heiratete Raisa und ihr Lachen, zog mit ihr in einen neuen Plattenbau mit Müllschlucker im Treppenhaus – ein unerhörter Luxus. Die Regale in den Läden waren immer gut gefüllt, Südfrüchte und Wurst waren niemals knapp. Bloß Wodka gab es im geheimen Städtchen keinen zu kaufen, die Soldaten der Raketenabwehr sollten nüchtern bleiben. Das aber störte Stanislaw Petrow nicht, er war kein Trinker. Für Festtage hatten sie aus Moskau eine Flasche Stolichnaya eingeschmuggelt sowie Pepsi für die Kinder. Sogar die gab es in Moskau zu kaufen.

Sie zogen ein, als Dimitri seine ersten ganzen Sätze sprach und Jelena eingeschult wurde. Knapp ein Jahrzehnt später kam ihre Tochter eines Tages verstört aus der Schule nach Hause. Laut ihrer Lehrerin habe der amerikanische Präsident sie, die Sowjetunion, als «Reich des Bösen» bezeichnet. Zwischen den Zeilen drohe er mit der Atombombe – eine Drohung, die man ernst nehmen müsse, schließlich hätten die Amerikaner so eine Bombe schon zweimal abgeworfen, auf Hiroshima und auf Nagasaki.

Petrow kannte die Rede von Ronald Reagan. Darin sprach er vom Kampf des Guten gegen das Böse, und er war sich sicher, wer die Guten waren und wer die Bösen. Reagan, der ehemalige Schauspieler, hatte wohl ein paarmal zu oft in einem Western den Cowboy gespielt. Außerdem zitierte er in seiner Rede den Vater zweier Töchter: Er liebe seine Mädchen mehr als alles andere auf der Welt, habe dieser Vater ihm erzählt, doch würde er sie lieber jetzt sterben sehen, während sie noch an Gott glaubten, als dass sie im Kommunismus aufwachsen und im hohen Alter ohne Glauben sterben müssten.

Stanislaw Petrow störte es, dass sie die Bösen sein sollten. Er liebte seine Kinder genauso wie dieser Vater, aber um nichts in der Welt sähe er sie lieber jetzt sterben als später. Was für ein Vater würde so etwas sagen? Reagan musste sich diese Anekdote ausgedacht haben. Politiker sagten dumme und gefährliche Dinge, nicht bloß die amerikanischen, auch die sowjetischen. Besonders die sowjetischen.

Wie tröstete man ein Kind, das die Wahrheit erfuhr und darüber bekümmert war? Mit einer Lüge?

«Die Amerikaner», sagte Stanislaw Petrow zu seiner Tochter, «haben Atombomben, das stimmt. Aber wir haben auch welche. Und nicht wenige.

Sie können uns nicht vernichten, ohne sich selbst zu vernichten.»

Das war das Prinzip der gegenseitig zugesicherten Zerstörung. Es bildete ein Gleichgewicht, das man *Gleichgewicht des Schreckens* nannte, und deswegen herrschte seit Jahrzehnten Frieden.

Lenas Gesicht war ein Fragezeichen.

«Stell dir zwei Männer vor, die einander gegenübersitzen. Sie sind bis an die Zähne bewaffnet, und sie tragen ihre Waffen nicht versteckt, sondern so, dass der andere sie sehen kann. Und beide wissen, dass der andere nicht zögern würde, von seinen Waffen Gebrauch zu machen. Was würde passieren, wenn einer der beiden seine Pistole zieht?»

Lena zuckte mit den Schultern.

«In dem Augenblick, da einer seine Pistole zieht, würde der andere dasselbe tun, und sie würden sich gegenseitig umlegen. Wer zuerst schießt, stirbt als Zweiter. Deshalb traut sich keiner der beiden, den anderen anzugreifen. Die ganzen Waffen dienen nur der Abschreckung.»

Lena wirkte nicht, als wäre sie beruhigt.

Und darum erzählte er ihr nichts von der Strategie «Tote Hand», dem Traum eines so manchen sowjetischen Generals. Sollte Amerika es schaffen, die sowjetische Führung durch einen Erstschlag auszuschalten, dann würden Atomraketen losgeschickt — und zwar automatisch: eine Hand, die aus dem Grab den Roten Knopf drückte. Eine solche Weltvernichtungsmaschine stellte die größtmögliche Abschreckung dar. Das fanden zumindest die träumenden Generale.

Vielleicht dachte Petrow auch an eine Stelle aus *Krieg und Frieden,* das er in der Schule hatte lesen müssen. Fürst Andrej sieht nach Jahren des Krieges nichts Heldenhaftes mehr am Kampf auf dem Schlachtfeld: Keine Schlacht habe sich je so abgespielt, dass Truppen aufeinander losmarschierten, sich angriffen und so lange kämpften, bis die andere Seite geschlagen war. Man tat nur immer so, als wolle man den Feind niedermetzeln, um ihn zu erschrecken, und wer sich zuerst erschreckte, der ergriff die Flucht.

Ende letzten Jahres, 1982, hatte Petrow mit seiner Frau eine Debatte im Fernsehen verfolgt. Sie sollte mehrfach wiederholt werden und war wochenlang das Gespräch auf den Straßen des geheimen Städtchens. Besonders eine Aussage gab zu reden. Der bekannte Arzt Jewgeni Tschasow meinte, dass ein Atomkrieg keinen Sieger haben könne. Ein solcher Krieg würde das Aussterben der Menschheit bedeuten. Petrow liefen eiskalte Schauer über den Rücken.

Nach der Sendung sprach er mit Raisa darüber, flüsternd und bei laufendem Wasserhahn, damit die Kinder sie nicht hören konnten. Nicht dass sie ihren Kindern zutrauten, sie zu verraten, aber es war nicht auszuschließen, dass sie etwas aufschnappten und sich in der Schule verplapperten.

«Dass jemand verrückt genug wäre», sagte Raisa, «einen solchen Krieg anzufangen, kann ich mir nicht vorstellen.»

Ihr Mann nickte.

«Ich mir auch nicht.»

Sie konnte nicht wissen, dass er jeden Tag stundenlang auf eine Karte blickte, welche die amerikanischen Abschussbasen zeigte.

Unter dem Gemurmel des Wasserhahns erzählte er einen Witz, den er von einem Offizier im Bus gehört hatte.

«Was ist zu tun, wenn es zum Atomkrieg kommt?»

«Ich weiß nicht, was denn?»

«Im Falle eines Atomkriegs begibt man sich in ein weißes Bettlaken gehüllt langsam zum nächsten Friedhof. – Warum langsam? Um Panik zu vermeiden.»

Raisa lachte ihr hüpfendes Lachen. Sie hatte recht. Manchmal war es das einzig Vernünftige zu lachen.

Der 25. September 1983 war ein Sonntag.

Stanislaw Petrow hatte geträumt. Wenn Stanislaw Petrow träumte, dann nur von den schneebedeckten Vulkanen und den Birkenwäldern Kamtschatkas.

An diesem Morgen konnte seine Frau kaum gehen. In ihrem Kopf wuchs etwas, was dort nicht wachsen sollte. Es gab im Laufe ihrer Krankheit bessere und schlechtere Tage, und heute war kein guter. An seinem Arm führte er sie zum Frühstückstisch, auf dem er Schwarzbrot, Spiegeleier und Würstchen angerichtet hatte.

«Schon wieder Schwarzbrot?», maulte Dima.

«In meiner Kindheit», brummte sein Vater, «war Schwarzbrot die einzige Süßigkeit, die es gab. Von Keksen habe ich nicht einmal geträumt, ich habe sie niemals gesehen.»

Die Geschwister tauschten ein Augenrollen. Ihr Vater verteilte die Würstchen auf die Teller, eines blieb übrig. Nachdem sie ihre Teller gierig geleert hatten, gerieten sie in Streit um das letzte Würstchen. Dima wollte es mit der Gabel aufspießen, doch Lena wehrte ihn mit ihrer Gabel ab. Ein Fechtduell begann.

«Hört auf! Ihr seid nicht die zwei Musketiere!», rief Raisa. «Willst du nicht auch was sagen?», wandte sie sich an ihren Mann.

Er schaute sie über die Zeitung hinweg an.

«Irgendwann hören sie schon auf.»

«Eines Tages, Stasik, wird dich dein Abwarten noch einmal in Schwierigkeiten bringen.»

Dima versetzte seiner Schwester einen Fußtritt unter dem Tisch, Lena schrie auf.

«Schluss jetzt!», rief Raisa.

«Ich hab nichts getan!», jammerte Lena und rieb sich das Schienbein.

«Na gut, dann bekommt halt keiner von euch das letzte Würstchen», sagte Petrow. Er nahm es und legte es in den Weidenkorb, den er neben seinen Stuhl gestellt hatte.

«Die Katze wird sich freuen.»

Er schlug den Wetterbericht auf. Jeden Morgen wunderte er sich, dass man das Wetter nur auf wenige Tage vorhersagen konnte, und das nicht einmal besonders genau. Dagegen wusste man, dass der Halleysche Komet das nächste Mal in drei Jahren am Himmel erscheinen würde.

Und so war es auch im Leben: Manche Dinge konnte man auf Jahre vorhersagen, andere nicht einmal auf Minuten. Er wusste nicht, was Raisa in drei Minuten zu ihm sagen würde, aber er wusste, dass er in drei Jahren noch mit ihr verheiratet sein würde. Und dass sie mit ihren Kindern in dieser Wohnung leben und dass er für das Militär arbeiten würde.

Bei diesem letzten Punkt allerdings lag er falsch. Was er nicht ahnte: In weniger als einem Jahr würde er das Militär verlassen. Und Grund dafür war ein Zwischenfall, der sich in der kommenden Nacht, nur wenige Stunden in der Zukunft, ereignen würde. Aber das konnte er genauso wenig vorhersehen.

Laut Wetterbericht würde es in Moskau und Umgebung kühler werden, zehn bis fünfzehn Grad, vereinzelte Regenschauer waren zu erwarten.

«Wie wird das Wetter?», fragte Raisa.

«Pilzwetter», erwiderte Petrow.

Er zog ein Trikot an sowie kurze Hosen und Turnschuhe, trat mit dem Weidenkorb an der Hand nach draußen. Schon strich ihm die Nachbarskatze um die Waden, er ging in die Hocke und hielt ihr das Würstchen hin. Während sie es schmatzend verschlang, kraulte er ihr den Kopf.

Es war ein sonniger und windiger Herbstmorgen. Petrow stellte den Korb hinter einen Baum in Wegnähe und lief los. Auf seinem Waldlauf fiel ihm auf, dass manche Blätter sich schon verfärbten. Ihm kamen Fetzen eines Gedichtes von Puschkin in den Sinn: *Ich liebe das prachtvolle Welken der Natur, die Wälder in Scharlach und Gold gekleidet ...* Die ersten Strophen des Gedichts hatte er in der Schule auswendig lernen müssen. Russische Literatur war nicht sein stärkstes Fach gewesen, aber Auswendiglernen war ihm leichtgefallen, wenn er auch nicht gewusst hatte, wozu es gut sein sollte, ein Gedicht auswendig zu lernen. Doch in diesem Augenblick, in diesem Wald, war er froh, dass ihm diese Zeilen einfielen.

Und er war froh, dass er seit seiner Jugend niemals mit dem Laufen aufgehört hatte. In der Jugend fiel einem alles leicht, und man konnte sich nicht vorstellen, dass sich das einmal ändern könnte. Aber es änderte sich. Unvorstellbar, wenn er jetzt, mit vierundvierzig, wieder mit dem Laufen anfangen müsste.

Dann dachte er an all die Medaillen, die er in seiner Jugend im Boxen oder bei Konstrukteurswettbewerben gewonnen hatte und die in der Wohnung seiner Mutter in Odessa hingen. Als er sie das letzte Mal besucht hatte, wollte er sie mitnehmen, aber sie rückte sie nicht heraus. Beim Gedanken an ihren sturen Stolz musste er schmunzeln.

Er lief seine Runde durch den Wald, heute waren seine Beine stark, heute ging ihm die Luft nicht aus. Als er wieder am Ausgangspunkt ankam, klebte ihm das Trikot schweißnass am Rücken. Er holte den Korb hinter dem Baum hervor und ging ins Unterholz, um Pilze zu sammeln.

Im Schatten einer Buche fand er einen Steinpilz, der von Schnecken angeknabbert war. Er kannte diesen Steinpilz, er hatte ihn vor zwei Tagen entdeckt und stehen lassen, damit er weiterwachsen konnte. Jeder andere hätte ihn wohl, ohne zu zögern, mitgenommen. Ihm kam in den Sinn, was Raisa am Frühstückstisch gesagt hatte: *Dein Abwarten wird dich noch einmal in Schwierigkeiten bringen*. Vielleicht hatte sie recht. Vielleicht hätte er den Pilz gleich mitnehmen sollen.

Er grub den Ansatz des Pilzes aus und drehte ihn aus der Erde. Sein Schirm war fest und klang hell, als er dagegen klopfte, er war zum Glück noch nicht madig.

«Sogar die Sonne hat Flecken», sagte er schulterzuckend und legte den Pilz in den Korb. Wenige Schritte entfernt fand er zwei weitere Steinpilze. Zu Hause stellte er den Korb auf den Küchentisch.

«Was für prächtige Pilze!», rief Raisa.

«Der eine ist ein bisschen angeknabbert von den Schnecken.»

«Das sieht keiner. Ich mache Piroschki mit Pilzfüllung.»

Wie jeden Morgen stellte er sich unter die eiskalte Dusche. Seine Mutter hatte ihn jeden Morgen kalt abgeduscht, selbst im Winter in Sibirien, und diese Gewohnheit behielt er bei. Jeden Morgen kostete es ihn Überwindung, sich unter eiskaltes Wasser zu stellen, aber jeden Morgen schaffte er es.

Petrow ging hinüber ins Wohnzimmer und setzte sich auf das Sofa, über dem eine Sternkarte hing. Die Ikonen auf Goldgrund hingen verborgen im Schlafzimmer. Er schaltete den Fernseher ein, der erste Kanal übertrug eine Symphonie von Schostakowitsch, die er sich eine Weile lang anhörte. Der zweite Kanal brachte Sport, der dritte Nachrichten.

Er hoffte, das Telefon bliebe stumm. Wenn es klingelte, wenn er abnahm und die Hymne *Erhebe dich, du großes Land* zu hören war, bedeutete das einen Probealarm. Er müsste sofort los. Dabei freute er sich, den Abend zu Hause zu verbringen. Er freute sich auf die Piroschki und darauf, sich mit seinen Kindern den dritten Teil von *D'Artagnan und die drei Musketiere* anzuschauen.

Aber dann klingelte das Telefon tatsächlich. Petrow gab einen missmutigen Laut von sich und schaltete den Fernseher aus. Erleichtert stellte er fest, dass nicht *Erhebe dich, du großes Land* aus der Hörmuschel schepperte. Es meldete sich die Stimme von Genosse Konowalow.

30

«Ich bin krank, kannst du für mich einspringen?»

«Was hast du denn?», brummte Petrow.

Konowalow hustete.

«Mir geht es gar nicht gut. Mich hat's erwischt.»

«Na gut, wenn's sein muss.»

Nachdem er aufgehängt hatte, ging er in die Küche. Raisa saß am Küchentisch, der mit Mehl bestäubt war, und faltete Teigtaschen.

«Wer war das?»

«Ich habe heute Nachtschicht. Konowalow hat's erwischt.»

«Der sollte auch jeden Morgen kalt duschen, so wie du. Dann wäre er nicht ständig krank.»

Schon um fünf Uhr gab es Abendessen, denn um acht Uhr begann seine Schicht. Petrows Wochenende war bereits jetzt, am Sonntagabend, zu Ende. Er strich sich ein Butterbrot, das er mit Wursträdern belegte: seine Verpflegung für die Nacht.

Er küsste seine Frau auf den Mund und seine Kinder auf den Scheitel.

«Bis morgen.»

Er ahnte nicht, dass er morgen nicht nach Hause kommen würde. Und auch nicht, dass der Mann, der erst am Donnerstag heimkäme, zwar den Namen Stanislaw Petrow trüge und auch sein Aussehen – aber dass dieser Mann ein ganz anderer sein würde.

Am Kontrollposten grüßte Stanislaw Petrow die junge Soldatin, die als Pförtnerin Dienst versah. Durch ein Eisentor, das hier die Mauer ersetzte, verließ er das geheime Städtchen. Hinaus gelangte man immer, hinein nur mit einem Passierschein.

Als er den Bus bestieg, nickte er dem Busfahrer zu und setzte sich ans Fenster. Fast alle Fahrgäste waren uniformiert. Petrow selbst trug eine leichte Uniform, an den Füßen Sandalen und auf dem Kopf keine Schirmmütze, sondern ein Schiffchen.

Die Strecke führte vorbei an einem Park mit Spielplatz. Als ihre Kinder klein gewesen waren, hatten sie ihn regelmäßig besucht, nun machten sie sich nichts mehr aus Rutschbahn und Schaukel. Der Bus bog in eine Linkskurve, auf beiden Seiten floss Wald vorüber. Was auf der linken Seite, abgeschirmt von Bäumen, verborgen lag, konnte ein Unwissender nicht erahnen.

Bei der Station *Zentrum für die Beobachtung von*

*Himmelskörpern* stieg Petrow aus. Die Bezeichnung war keine Lüge, aber auch nicht die ganze Wahrheit. Sie beobachteten den Himmel, das stimmte — aber sie hielten weder nach Planeten noch nach Kometen Ausschau, wie der Name nahelegte.

Petrow passierte den Kontrollposten und ging zu Fuß auf einer Schotterpiste weiter. Er zündete sich eine Papirossa an. Wer weiß, dachte er, wann du das nächste Mal zum Rauchen kommst. Manchmal kommst du in der Nachtschicht nicht einmal zum Essen.

Die weißen Kuppeln waren durch den Wald so abgeschirmt, dass man sie erst sah, wenn man fast vor ihnen stand: von Giganten in der Landschaft verstreute Spielbälle. Doch dem Mathematiker in Petrow missfiel es, wenn jemand sie Kugeln nannte. Nein, es waren keine Kugeln, es waren Polyeder, denn ihre Oberfläche bestand aus vielen kleinen Dreiecken. Diese Kuppeln bildeten das Herzstück des Frühwarnsystems, das man *Oko*, Auge, getauft hatte. Das Auge war viele Augen: Satelliten, die aus dem Weltall hinunterschauten auf Himmel und Erde.

In diesen Kugeln, Pardon: Polyedern, befanden sich die Schüsseln, die mit den Satelliten in Verbindung standen. Der Großrechner M-10 verarbeitete die zur Erde gesandten Daten und wertete sie mithilfe von Algorithmen aus. Petrow hatte diese mitentwickelt, er kannte sie besser als der Computer selbst. Aber die Algorithmen trafen keine Entscheidungen, die Entscheidungen wurden Menschen überlassen. Menschen wie Stanislaw Petrow.

Er betrat die Zentrale, die in einem Bunker lag, und verstaute als Erstes seine Brotdose im Garderobenschrank. Im Kommandoraum salutierte er vor dem Oberstleutnant, der die Tagschicht geleitet hatte. Der erwiderte seinen Gruß. Petrow fragte, ob alles reibungslos verlaufen sei.

«Keine besonderen Vorkommnisse.»

Petrow wusste, dass das eine Beschönigung war. Das Frühwarnsystem war Ende letzten Jahres in Betrieb genommen worden, doch weit davon entfernt, reibungslos zu funktionieren. Zu wichtig war es gewesen, wie Amerika endlich ein Frühwarnsystem zu haben – auch wenn es noch nicht ausgereift war. Schon mit den Satelliten fing es an. Manche gaben einfach den Geist auf, ständig mussten neue hochgeschossen werden. Zurzeit bewegten sich sieben Satelliten im Dienst des Auges um die Erde.

Wenn Stanislaw Petrow nicht im Stuhl des Schichtleiters saß, arbeitete er in einem anderen Gebäude an den Algorithmen. Gewissenhaft notierte er jeden Fehler, auf den er stieß, um ihn anschließend zu beseitigen. Er war niemand, der sich mit einem Schulterzucken abwandte und dachte: Jemand anders wird sich schon darum kümmern. Petrow sah sich als Problemlöser, nicht als Befehlsempfänger. Bei seinen Vorgesetzten war er nicht nur für seine guten Manieren und seine Intelligenz bekannt, sondern auch für seine Sturköpfigkeit berüchtigt. Manchmal verweigerte er seine Unterschrift zur Absegnung, weil er auf Qualität bestand.

Einmal hatte er sich sogar mit einem hohen Mitglied der Akademie der Wissenschaften angelegt. Ein Handbuch war schlampig verfasst worden, und das hatte Stanislaw Petrow beanstandet. Der Autor des Handbuchs, so Petrow, habe zwei Wörter aufgeschrieben, aber das dritte in seinem Kopf versteckt. Er müsse alles aus seinem Kopf herausholen und zu Papier bringen, damit das Handbuch für alle verständlich sei. Und tatsächlich wurde das Handbuch, auf Anweisung des hohen Mitglieds, daraufhin nachgebessert.

Viele der Dienstvorschriften hatte Petrow eigenhändig verfasst. Bis ins kleinste Detail hatte er festgehalten, wer was wann zu tun hatte. Selbst die Sätze, die ins Mikrofon zu sprechen waren, hatte er niedergeschrieben. Sprache war, im Gegensatz zu Mathematik, vieldeutig und teils ungenau. Unsummen in ein solches System zu stecken, das dann wegen der Ungenauigkeit der Sprache versagte, beleidigte seinen Verstand.

Er hatte schon mehrere junge Offiziere eingear-
beitet. Besonders jene, die den Aufbau der Anlage nicht miterlebt hatten, waren von ihr über alle
Maßen beeindruckt. Als wäre der Großrechner ein
Orakel, das unfehlbar die Wahrheit sprach. Sie
vergaßen, dass er von Menschen geplant und zu-
sammengebaut worden war und dass Menschen
die Algorithmen geschrieben hatten, die darauf
liefen.

Der Kommandoraum lag in gedämpftem Licht,
auf den Konsolen leuchteten Knöpfe und Anzei-
gen. Ein elektrisches Summen erfüllte die Luft.
Temperatur und Luftfeuchtigkeit waren perfekt
eingestellt – für die Anlage. Für die Menschen war
es, besonders im Sommer, ein wenig zu heiß. Als
Petrow einmal darum gebeten hatte, die Temperatur zu senken, damit sie auch für die Menschen
angenehm wäre, wurde ihm gesagt, sie würden
sich erkälten. Was für ein Unsinn.

Petrow ging an seinen Arbeitsplatz, ein Pult aus
Grauguss in der Ecke. Auf seiner Konsole befand
sich, neben all den vielen Knöpfen, ein besonderer
Knopf. Er war nicht größer als die anderen, bloß
eine Fingerkuppe fand darauf Platz. Seine Beson-
derheit verriet sich nur dadurch, dass er abseits
der anderen Knöpfe angebracht und durch eine
Kappe abgedeckt war.

Das war der Rote Knopf.

Doch selbst wenn jemand ihn drückte, ob aus Versehen oder aus einer Laune heraus, würde nichts geschehen: Der Rote Knopf war nicht angeschlossen, unten waren die Drähte abgeschnitten. Man wollte einem einzelnen Menschen nicht zumuten, ihn zu drücken. Der wahre Rote Knopf auf Petrows Pult war nicht rot, sondern schwarz, aus Bakelit und hatte die Form eines Telefonhörers: Er würde Generalstabschef Ogarkow verständigen, der sich auf sein Urteil verlassen müsste, und Staatsoberhaupt Andropow wiederum auf Ogarkows Urteil. Mehr Zwischenstufen der Hierarchie gab es im Ernstfall nicht. Der Rote Knopf auf seiner Konsole, obschon nicht funktionstüchtig, erinnerte Petrow ständig an seine Verantwortung. Eine solche Bürde war diese Verantwortung, dass sie offenbar selbst für die Schultern des Staatsoberhaupts schwer wog. Zumindest für Breschnews Schultern. Das bezeugte eine Anekdote, die sich aus den höchsten Kreisen über Flurfunk zum gemeinsten Soldaten hinuntererzählt hatte.

Bei einer Übung, die einen Angriff Amerikas vorgab, sollte Breschnew, das damalige Staatsoberhaupt, den Gegenschlag einleiten. Im Augenblick, da er den Roten Knopf drücken sollte, erbleichte er, und seine Hand begann zu zittern. «Sind Sie sicher, dass das bloß eine Übung ist?», fragte er seinen Verteidigungsminister Gretschko ängstlich. Mehrfach ließ sich der Alte mit den dicken Augenbrauen, wie Breschnew hinter seinem Rücken genannt wurde, versichern, dass das Drücken des Knopfes keinen echten Raketenabschuss zur Folge hätte.

Die Offiziere der Tagschicht gingen, die der Nachtschicht kamen und richteten sich an ihren Arbeitsplätzen ein. Darunter war Galkin, ein rotwangiger junger Offizier, der ebenfalls im Kommandoraum saß. Petrow schätzte Galkin nicht nur seiner Gewissenhaftigkeit wegen, aus irgendeinem Grund hegte er beinahe väterliche Gefühle für ihn.

«Na, Genosse Galkin, wie läuft's?»

«Genosse Oberstleutnant Petrow, Sie leiten die Nachtschicht?»

Galkin schien freudig überrascht, dass Petrow die Nachtschicht leitete und nicht Konowalow. Petrow verlangte von seinen Untergebenen unbedingte Aufmerksamkeit und Präzision – aber das verlangte er im selben Maße (oder in noch höherem Maße) auch von sich selbst. Wohl deswegen genoss er das Ansehen seiner Untergebenen. Wer sich weniger gut mit dem System auskannte (also alle anderen, Konowalow eingeschlossen), war versucht, diesen Mangel durch Machtwillkür auszugleichen. Das hatte er nicht nötig.

Neben Galkin befanden sich sechs weitere Offiziere im Kommandoraum. Er lag ein Stück versetzt über dem Hauptraum, in dem zwanzig Offiziere an ihren Konsolen saßen. Die beiden Räume waren durch eine Glasscheibe voneinander getrennt, und über ein Mikrofon konnte sich Petrow an die Offiziere unten wenden. Zweihundert weitere Soldaten und Offiziere versahen ihren Dienst in den übrigen Gebäuden.

Alle unterstanden sie in dieser Nacht ihm, Stanislaw Petrow, dem Systemanalytiker Nummer eins. Spezialisten wie er übernahmen manchmal die Leitung der Nachtschicht, weil die Militärs Tagschichten bevorzugten. Wer konnte es ihnen verübeln? Die Nachtschicht zehrte an einem. In der Nacht wollte der Körper nicht arbeiten, sondern schlafen, und der Schlaf am Tag war nicht so erholsam wie der Schlaf in der Nacht.

Von seinem erhöhten Standpunkt aus hatte Petrow alles im Blick. Sie alle saßen einer Anzeigetafel aus Leuchtdioden zugewandt, auf der eine Landkarte dargestellt war: in der Mitte der Nordpol, zu beiden Seiten die Großmächte. Eine Rakete würde nicht über den Atlantik kommen, sie würde den kürzesten Weg nehmen, über den Nordpol. Manchmal überlegte Petrow, was er tun würde, wenn das System einen Angriff meldete. Niemals während der Arbeit, dann war er so in die Abläufe eingespannt, dass keine Zeit dafür blieb, immer nur vorher oder nachher stellte er solche Überlegungen an. In seinem Kopf hatte er sich alles zurechtgelegt, er würde ohne eine Spur der Überraschung schnell und entschlossen handeln. Er wäre nicht das Kaninchen vor der Schlange.

Die Amerikaner besaßen tausend Raketen des Typs Minuteman, benannt nach einer Truppeneinheit, die innerhalb einer Minute kampfbereit gewesen war. Diese tausend Raketen verteilten sich auf sechs Basen, die auf der Karte durch Quadrate markiert waren. Im Studium hatte Petrow einen der wenigen englischen Begriffe gelernt, die er kannte: *Overkill*. Beide Seiten besaßen so viele Atomwaffen, dass sie den Gegner nicht nur einmal, sondern mehrfach vernichten konnten. Als ob es nicht ausreichte, die gegnerischen Städte in Trümmer zu legen, als müssten diese Trümmer auch noch zu Staub zermahlen werden.

Die Abschussrampen der eigenen Raketen standen nicht weit entfernt von Petrows Arbeitsort. Jeder der Offiziere hier wusste das, obwohl sie nicht wissen sollten – nicht einmal sie. Und so wussten sie es eben nicht. Es war wichtig, nicht mehr zu wissen, als man wissen musste, um seine Arbeit zu tun. Was Petrow über die sowjetische Rakete Wojewoda wusste, hatte er sich aus Büchern und Zeitungen zusammengelesen.

Petrow beugte sich über das Mikrofon und

schaltete es per Knopfdruck ein. Er gab Anweisung, den Satelliten Nummer fünf auszurichten sowie einen zweiten und dritten Satelliten vorzubereiten.

Kurz nach zweiundzwanzig Uhr ging Petrow in den Pausenraum hinüber. Er nahm die Kanne vom Samowar, füllte dunkelbraune Tee-Essenz in seine Tasse, öffnete den Hahn und verdünnte sie mit Heißwasser. Er liebte dieses Ritual, diesen zeitlosen Moment des Friedens in seiner streng getakteten Nacht als Schichtleiter.

Alles war wie immer.

Alles versprach eine gewöhnliche Nacht.

U m null Uhr fünfzehn ging der Alarm los.

Andere Uhrzeiten – die Geburtsstunden seiner Kinder etwa – hatte Stanislaw Petrow längst vergessen. Diese Uhrzeit aber, dieses verdammte null Uhr fünfzehn, brannte sich ihm in dieser Nacht für immer ins Gedächtnis.

Die Sirene schrillte, die Beleuchtung ging an. Das Neonlicht schmerzte in seinen Augen, er nahm alles in stechender Klarheit wahr. Als würde man aus dem Tiefschlaf gerissen, so fühlte es sich an: wenn man sich erschrocken umsieht und nicht weiß, ob man noch träumt oder schon wach ist.

Wo sonst ein graues Lichtband zu sehen war, leuchtete jetzt in blutroten Lettern:

## CTAPT

START. Das bedeutete: Eine Rakete war gestartet. Aber keine der eigenen. Petrow starrte auf die

Landkarte, wo ein Quadrat um eine der amerikanischen Basen aufleuchtete.

Das kann nicht sein, dachte Petrow. Es leuchtet, blutrot leuchtet es, aber geschieht das gerade wirklich? Leuchtendes Blut, was bedeutet das — du weißt, was es bedeutet, du willst es nur nicht wahrhaben, das leuchtende Blut.

Eine Sekunde verging.

Eine zweite Sekunde.

Eine dritte.

Stanislaw Petrow fühlte sich, als würde er in einer heißen Pfanne sitzen. Aus jeder Pore drückte der Schweiß, Tropfen kullerten Rücken und Beine hinunter. Seine Füße wurden taub.

Das blutrote START leuchtete bei jedem Probealarm auf. Aber diesmal hatte es keinen Telefonanruf gegeben, kein *Erhebe dich, du großes Land*, diesmal war es ein Ernstfall. So oft hatten sie diesen Ernstfall geprobt, und doch kam er jetzt überraschend. Seine Vorstellung, wie er bei einem Alarm rasch und entschlossen handeln würde, löste sich in Luft auf. Jetzt bist du doch das Kaninchen vor der Schlange, dachte er.

Der Computer schätzte die Warnung als *höchst glaubwürdig* ein. Die Rakete würde in ungefähr siebenundzwanzig Minuten Moskau erreichen — und Millionen von Menschen augenblicklich umbringen. Und das wäre erst der Anfang.

Sechs Sekunden.

Sieben Sekunden.

Acht Sekunden.

Wie die Zeit sich dehnen konnte. Wärst du Licht, sagte Einstein, dann verginge die Zeit nicht für dich. Stanislaw Petrow fühlte sich ein wenig wie Licht. In einer Sekunde hatte ein ganzes Menschenleben Platz.

Dreizehn Sekunden.

Vierzehn.

Fünfzehn.

Der Alarm hörte auf zu heulen, was die Lage keineswegs entspannte. Noch immer leuchteten die blutroten Lettern. Petrow stand auf, beugte sich vor, um auf die untere Ebene blicken zu können. Die Offiziere waren von ihren Sesseln aufgesprungen, mit offenen Mündern starrten sie hoch zur Anzeigetafel. Und hoch zu ihm.

Alle warteten auf seinen Befehl.

«Das ist ein Erstschlag!», schrie ein Offizier. «Wir müssen sofort zurückschlagen!»

Es war Offizier Mischin. Kein Wunder, dachte Petrow, Mischin hat noch nie starke Nerven gehabt. Mischin ist dieser Hahn, der noch vor dem Sonnenaufgang mit dem Krähen beginnt und die Hähne der umliegenden Höfe dazu bringt, mit einzustimmen. Mischin kräht herum, und wenn die anderen Offiziere auch zu krähen beginnen,

Gott bewahre, dann habe ich ein Problem. Vor lauter Gekrähe wird niemand mehr auf mich hören, auf den Hahn, der als einziger *nicht* kräht.

Er beugte sich über das Mikrofon.

«Setzt euch auf eure Plätze.»

Seine Stimme klang ruhig und fest. Er war überrascht, dass seine Stimme nicht zitterte oder brach. Gerade jetzt war es wichtig, eine ruhige und feste Stimme zu haben. Eine Stimme, der man vertraute und der man gehorchte.

Und die Offiziere gehorchten tatsächlich, einer nach dem anderen setzte sich wieder auf seinen Platz. Petrow wusste, was laut Dienstvorschriften als Nächstes kam, schließlich hatte er sie eigenhändig verfasst.

«Prüft alle Geräte und macht Meldung!»

Die Offiziere würden nun prüfen, ob sich eine Fehlfunktion oder Falschmessung eingeschlichen hatte.

Der Computer, dachte Petrow, muss einen Fehler gemacht haben, es kann gar nicht anders sein, auch Computer sind nicht perfekt, auch sie machen Fehler. Aber was, wenn nicht? Nein, darüber darfst du jetzt nicht nachdenken, das lenkt dich nur ab. Du darfst dich jetzt nicht beschäftigen mit dem, was sein *könnte*, nur mit dem, was *ist*.

Auch Petrow setzte sich wieder hin. Er traute seinen Beinen nicht, sie waren wie aus Watte.

Nach den Sekunden der Schockstarre wurde der Bunker zum Ameisenhaufen. Manche Offiziere hasteten zu den Magnetbändern, andere zu den Druckern, die Zahlenreihen ausgespuckt hatten. Und wie in einem Ameisenhaufen war es trotz aller Geschäftigkeit gespenstisch still.

Niemand sprach ein Wort.

Und was tat Stanislaw Petrow?

Er saß auf seinem Drehsessel und übte sich im Abwarten. Von seinem Vater hatte Petrow das Nachdenken gelernt und von seiner Mutter, schnelle Entscheidungen zu treffen. Beides war zu gegebener Zeit nützlich. Aber manchmal war es besser, abzuwarten. Von wem hatte er das Abwarten gelernt? Bestimmt nicht von seiner Mutter, vielleicht von seinem Vater. Vielleicht aber hatte er sich das Abwarten auch selbst beigebracht. *Dein Abwarten wird dich noch einmal in Schwierigkeiten bringen*, hatte Raisa gesagt.

Jetzt erkannte er, dass sie falschlag.

Nicht das Abwarten brachte einen in Schwierigkeiten, sondern das überstürzte Handeln. Es war einfacher, etwas zu tun, *irgend*etwas zu tun, als abzuwarten. Dann musste man sich später nicht vorwerfen, tatenlos geblieben zu sein.

Deswegen bleiben Torhüter, dachte Petrow, bei einem Elfmeter niemals in der Mitte stehen, wenn der Schütze anläuft. Auch wenn der Torhüter nicht weiß, wohin der Schütze schießt, springt er in eine Ecke. Dabei ist es doch genauso wahrscheinlich, dass er in die Mitte schießt und dass er den Ball fängt, wenn er einfach stehen bleibt. Es sieht nur ganz schön dämlich aus, stehen zu bleiben und nichts zu tun, während der Ball ins Netz geht.

Abwarten war nicht dasselbe wie Nachdenken. Nachdenken war nach innen gerichtet, während Abwarten auf Beobachtung beruhte. Man beobachtete, wie die Dinge sich entwickelten, um im entscheidenden Augenblick zu handeln. Darum unterschied es sich grundlegend vom einfachen Warten. Warten war keine Kunst, es bedeutete das stumpfe Totschlagen von Zeit. Während des Wartens konnte man sich ablenken, das Abwarten dagegen schloss Aufmerksamkeit mit ein. Abwarten war schwierig, kaum einer beherrschte es.

Jetzt aber, dachte Petrow, musst du das Abwarten meistern. Du darfst dich vom Gekrähe Mischins nicht anstecken lassen. Er kräht am lautesten, aber das heißt nicht, dass er recht hat. Du musst alle Informationen sammeln, die verfügbar sind, und dann eine Entscheidung treffen. Aber die Ungewissheit ist schrecklich, sie ist eigentlich kaum auszuhalten.

Bei diesen Überlegungen hatte sich sein Blick in den drohend leuchtenden Lettern verloren. Fünf harmlose Buchstaben, in eine bestimmte Reihenfolge gebracht, ergaben ein ebenfalls harmloses Wort – das in diesem Bunker jedoch auf eine unaussprechliche Wirklichkeit außerhalb verwies.

Er wandte seinen Blick zur Seite. Der junge Offizier Galkin, der in der Nähe saß, war sichtlich nervös. Nicht dass er zitterte oder schwitzte, er versah seinen Dienst scheinbar gefasst, doch verrieten unregelmäßige rote Flecken auf den Wangen seine Nervosität.

Wie gerne, dachte Petrow, würde ich ihm die Hand auf die Schulter legen und sagen, dass alles wieder gut wird. Aber ich weiß selbst nicht, ob alles wieder gut wird, und ich will keine Versprechungen machen, die ich nicht halten kann.

«Genosse Galkin, welcher Satellit hat angeschlagen?», fragte Petrow.

«Nummer fünf, Genosse Oberstleutnant», meldete Galkin.

«In welchem Zustand ist der Satellit?»

«In einem einwandfreien. Es ist nur ... Er schickt ungewöhnlich viele Daten an den Computer.»

Der Satellit Nummer fünf war der empfindlichste der Flotte, aber heute war er außergewöhnlich empfindlich. Normalerweise erfasste er zu jedem gegebenen Zeitpunkt etwa fünfzehn verdächtige Bewegungen auf der Erde. In dieser Nacht waren es mehr als dreißig.

Stanislaw Petrow dachte nach. Das Nachdenken hatte sein Vater ihm beigebracht. Jeder Schritt war genau festgelegt, doch keine Regel schrieb vor, wie lange es ihm erlaubt war, nachzudenken. Gleichzeitig wusste er: Jede Sekunde, die er nachdachte, fehlte danach für das Handeln. Warum ist es bloß so heiß hier drin?, fragte sich Petrow. Wenn es hier drin nicht so heiß wäre, könnte ich besser nachdenken. Er nahm das Schiffchen vom Kopf und fächerte sich Luft zu.

Es ist seltsam, überlegte er, dass die Amerikaner nur eine Rakete abgeschossen haben. Das ergibt doch keinen Sinn. Warum sollten die Amerikaner mit nur einer Rakete zuschlagen? Das war keines der Szenarien, die sie geprobt hatten. Bei den Probealarmen waren es Dutzende, wenn nicht gar Hunderte Raketen, die von unterschiedlichen Basen abgeschossen wurden. Denn welchen Sinn ergab es, Raketen zurückzubehalten, wenn man einen solchen Krieg begann?

Die Amerikaner wussten, dass sie, die Sowjets, einen Angriff voraussehen konnten und sofort einen Gegenschlag veranlassen würden. Dafür waren Stanislaw Petrow und die anderen hier, sie würden sicherstellen, die Amerikaner mit in den Abgrund zu reißen. Der Feind würde länger leben, ja – eine halbe Stunde vielleicht. Wenn seine Raketen einschlügen, wären die sowjetischen nur noch Minuten von der amerikanischen Küste entfernt. Deshalb musste ein Erstschlag so vernichtend sein, dass kein Gegenschlag mehr möglich wäre.

Die Malmstrom Air Base, von der die Rakete angeblich gestartet war, lag im Bundesstaat Montana. Warum war eine Rakete ausgerechnet von dort losgeschickt worden? Vielleicht hatte ein Offizier in Montana die Nerven verloren, irgendein Mann, der aus irgendeinem Grund wütend geworden war. Vielleicht war ihm beim Bleistiftspitzen die Bleistiftspitze abgebrochen, oder er hatte heißen Kaffee auf seine Hose verschüttet, vielleicht hatte ihn auch seine Frau verlassen. Und da hatte es ihm gereicht, und er hatte auf den Roten Knopf gehauen.

Aber vermutlich besaßen die Amerikaner ebenso wenig einen Roten Knopf wie sie. Auch sie

57

wussten: Das Schicksal der Menschheit von den Launen eines ungeschickten und jähzornigen Offiziers abhängig zu machen – das wäre Wahnsinn.

Petrow griff zum Telefonhörer, rief Offizier Schirow an, der unten am Satellitenbild saß.

«Was könnt ihr sehen?»

«Wir sehen nicht viel. Die Basis liegt gerade auf der Tag-Nacht-Grenze.»

«Wartet, ich komm runter und schau mir das selber an.»

Als er aufgehängt hatte, dachte er: Wie soll ich die Treppe nach unten gehen mit meinen Wattebeinen? Liebe Beine, ich brauche euch jetzt, bitte versagt mir nicht euren Dienst.

Er stand wacklig auf und hielt sich am Handlauf fest, als er die Treppe hinunterging. Zu Schirows Pult waren es glücklicherweise nur wenige Schritte. Er stellte sich neben ihn und beugte sich über den Bildschirm. Alle drei Sekunden sendete Satellit Nummer fünf ein körniges Schwarz-Weiß-Bild hinunter. Auf dem Bild waren Himmel und Erde nicht klar unterscheidbar, zudem wimmelte es von Lichtpunkten, gestreut von den flach einfallenden Strahlen der untergehenden Sonne.

«Hier drauf einen Raketenstart auszumachen, ist unmöglich», sprach Schirow aus, was Petrow nur dachte.

Er wusste, wie ein Raketenstart auf dem Satellitenbild aussah, er hatte schon mehrere gesehen. Starts von Kalifornien oder Florida, aber auch eigene, vom Kosmodrom Plessezk. Es waren Trägerraketen gewesen, die Satelliten in ihre Umlaufbahn gebracht hatten. Bei ihrem Start waren Raketen am leichtesten zu erkennen. Es begann mit einem weißen Punkt, der wuchs und wuchs, sich in die Länge zog und in einen Schweif verwandelte. Der Satellit konnte die Hitze des Schweifs einfangen, aber nur, wenn er in einem so flachen Winkel stand, dass der Schweif sich gegen die Kälte des Weltraums abzeichnete. Eine startende Rakete war auf dem Bildschirm so hell, dass man schon schlafen müsste, um sie zu verpassen.

Petrow setzte sich zurück an sein Pult im Kommandoraum. Er war erleichtert, dass seine Beine ihn nicht im Stich gelassen hatten.

Von allen Seiten liefen nun die Meldungen der Offiziere ein, doch keiner meldete eine Fehlfunktion oder Falschmessung. Von überallher hieß es: Alles läuft normal.

Trotzdem war es eigenartig, dass der Computer den Alarm als *höchst glaubwürdig* einschätzte, nachdem die Daten sämtliche Algorithmen durchlaufen hatten. Schon allein die Tatsache, dass die Malmstrom Air Base in der Dämmerung lag und die Sicht getrübt war, machte diese Einschätzung unsinnig.

Sie müssten, überlegte Petrow, das Ergebnis jedes der neunundzwanzig Algorithmen einzeln überprüfen. Doch wie lange würde das dauern? Zehn Minuten bestimmt. So viel Zeit hatten sie nicht. Vorhin hatte die Zeit sich endlos gedehnt, und nun gab es nicht genug von ihr. Die Zeit verlief niemals gleichmäßig, sie stauchte und dehnte sich nach eigenen Gesetzen. Wie war es ihm vorhin gelungen, die Zeit so zu dehnen? Er wusste es nicht, so gut kannte er die Gesetze der Zeit nicht. Das liegt wahrscheinlich daran, dachte Petrow, dass ich zu spät geboren wurde und ohne Uhr aufgewachsen bin. Jemand, der sein ganzes Leben lang von Uhren umgeben gewesen ist, weiß wohl, wie er die Zeit verlangsamt und beschleunigt. Aber du musst der Zeit vertrauen, es ist schon genug da. Sie staucht und dehnt sich vielleicht manchmal wie eine Symphonie von Schostakowitsch, aber es ist genug da.

Dem Großrechner M-10 dagegen vertraute er nicht. Ein Computer konnte, anders als ein Kind, niemals schlauer sein als der Mensch, der ihn geschaffen hatte. Deshalb kontrollierten sie den Computer und nicht umgekehrt. Ein Computer errechnete Lösungen auf mathematischem Wege, jeder Mensch aber trug Unberechenbares im Herzen. Und das Unberechenbare in seinem Herzen sagte Stanislaw Petrow jetzt, dass irgendetwas nicht stimmte. Daran war nichts Übersinnliches. Es war eine Ahnung, die sich aus den Erfahrungen seines vierundvierzig Jahre langen Lebens speiste.

Petrow erinnerte sich, wie sein Vater ihm als Junge die Feinheiten des Schachspiels beigebracht hatte. Wenn er eine Figur zu leichtfertig gezogen hatte, ermahnte sein Vater ihn, jeden Zug und seine Folgen vollständig zu durchdenken. Er fand, dass Schach einen auf das Leben vorbereitete: Man lerne, verschiedene Möglichkeiten gegeneinander abzuwägen und die Folgen seiner Entscheidungen zu tragen.

Jetzt sah Stanislaw Petrow zwei Möglichkeiten.

Die erste Möglichkeit: Er meldete dem Kommandozentrum in Solnetschnogorsk, was er hier in blutroten Lettern las und dass der Computer den Alarm als *höchst glaubwürdig* einschätzte. Das wäre wohl das, was Genosse Konowalow tun würde, für den er eingesprungen war. Ein guter Mann, zweifellos, aber bedauerlicherweise ausgestattet mit dem, was man Kadavergehorsam nannte: jemand, der schnell entscheiden konnte, aber das Nachdenken nie gelernt hatte. Im Militär wurde belohnt, wer rasch entschied und diese Entscheidung mit allen Kräften durchzusetzen vermochte – so selbstbewusst, dass niemand mehr hinterfragte, ob es sich um die richtige Entscheidung handelte.

Was würde weiter geschehen?

Man würde Juri Andropow, das Staatsoberhaupt, in seinem Krankenbett wecken, und er müsste, noch schlaftrunken, eine Entscheidung treffen. Und wie würde Andropow entscheiden? Als ehemaligem Chef des Geheimdienstes war ihm ein berufsbedingter Verfolgungswahn eigen: Er war überzeugt, dass die Amerikaner einen Angriff planten. Er ließ seine Spione vor amerikanischen Regierungsgebäuden parken, sie sollten melden, wenn bis spätabends noch Licht brannte. Ein Atomkrieg, so schien er zu denken, konnte nur in verlassenen Ministerien geplant werden, in verschwörerischen Sitzungen nach Einbruch der Nacht, bei gedämpftem Licht, keinesfalls am helllichten Tag.

Andropow würde nicht erbleichen, er würde nicht zittern wie sein Vorgänger Breschnew. Und selbst wenn er nicht mürrisch aus einem Albtraum erwacht wäre, selbst wenn die Medikamente, die er gegen sein fortschreitendes Nierenversagen nahm, seinen Geist nicht trübten:

Er würde den Roten Knopf drücken.

Dessen war sich Stanislaw Petrow sicher.

Für einen Gegenschlag musste man nichts weiter tun, als die Kreiselkompasse der Raketen anzuwerfen und die Zielkoordinaten zu bestätigen. Dann würde sich Andropow wieder hinlegen, irgendein Lakai würde sein Bett in einen Bunker schieben, wo er weiterdämmern würde. Man sollte einem Dahinsiechenden nicht die Verantwortung für die Welt überlassen.

Die zweite Möglichkeit: Petrow meldete nach Solnetschnogorsk, es handle sich um einen Fehlalarm. Nichts würde weiter geschehen, man würde zur Routine übergehen. Außer es wäre, entgegen seiner Einschätzung, kein Fehlalarm. Was dann geschehen würde, wollte er sich nicht ausmalen.

Das waren die beiden Möglichkeiten.

Nun musste er sich entscheiden.

Sein Vater hatte ihn beim Schachspielen nicht nur angehalten, alle Möglichkeiten zu durchdenken. Wenn du gewinnen willst, pflegte er zu sagen, musst du Opfer bringen. Wer all seine Figuren behalten will, der kann nicht gewinnen. Und manchmal musste man eine Figur opfern, um das Spiel nicht zu verlieren. Nicht nur Bauern, sondern auch Springer oder Türme und manchmal sogar eine Dame. Aber wie ließ sich dieser Ratschlag auf diese Situation anwenden, welches Opfer musste er bringen, um nicht zu verlieren?

Petrow wusste nicht, wie er guten Gewissens zu einer Entscheidung gelangen sollte. Er könnte eine Münze werfen. Aber was, wenn sie auf der Kante landete? Vielleicht gab es eine dritte Möglichkeit, die er nicht bedacht hatte und welche die Lösung wäre. Oder wäre diese dritte Möglichkeit bloß ein feiger Ausweg?

Nein, er wollte keine Münze werfen. Damit würde er sich aus der Verantwortung stehlen, und so jemand war er nicht. Jemand musste diese Entscheidung treffen, und es war nun einmal sein Kopf, in dem alle Informationen zusammenliefen. Wenn nicht er diese Entscheidung traf, würde er sie jemandem überlassen, der weitaus weniger wusste. Er durfte sie niemand anderem überlassen, schon gar nicht einem dahinsiechenden Politiker, der von Medikamenten betäubt im Krankenbett delirierte. Politiker *sagten* nicht nur dumme und gefährliche Dinge, sie *taten* auch dumme und gefährliche Dinge. Besonders die sowjetischen.

«Du musst dich entscheiden», sagte er leise zu sich selbst. «Und du musst es *jetzt* tun.»

Er wusste, wie schwerwiegend seine Entscheidung war: Wenn er einen Fehler machte, dann konnte diesen Fehler niemand korrigieren.

W oran dachte Stanislaw Petrow in diesem Augenblick der Entscheidung?

Er dachte nicht an seine Frau oder seine Kinder, er dachte an Kamtschatka: an die schneebedeckten Vulkane und die Birkenwälder Kamtschatkas. Daran, dass es die Vulkane und Birkenwälder nicht mehr geben wird, wenn dieser Krieg beginnt, der keinen Sieger haben kann.

Einstein hatte gesagt, er sei nicht sicher, mit welchen Waffen der Dritte Weltkrieg ausgefochten würde, aber im Vierten würden die Menschen mit Stöcken und Steinen kämpfen. Im Gegensatz zu Einstein wusste Petrow, mit welchen Waffen der Dritte Weltkrieg ausgefochten würde: Mit Minuteman und Wojewoda.

Ich will nicht, dachte Petrow, Auslöser des Dritten Weltkriegs sein. Das war der entscheidende Gedanke. Er wollte die Menschheit nicht auf dem Gewissen haben. Wenn der Krieg unausweichlich war, dann würde er alles in seiner Macht Stehende tun, um Schaden von seinem Land abzuwenden. Doch den Krieg beginnen wollte er nicht.

Seit dem Alarm waren zwei Minuten verstrichen, als Stanislaw Petrow zum bakelitschwarzen Telefonhörer griff. Die Leitung zum Kommandozentrum Solnetschnogorsk war gesichert, damit die Amerikaner sie nicht abhören konnten.

«Wir haben einen Fehlalarm», ließ Petrow seinen Vorgesetzten Ogarkow wissen.

«Verstanden, du meldest einen Fehlalarm.»

Kurz war er verwirrt – war er gerade geduzt worden? Aber das war wohl der angespannten Situation geschuldet und kein Zeichen fehlenden Respekts. Wenigstens stellte sein Vorgesetzter keine Fragen. Wenn Petrow seine Entscheidung jetzt mit handfesten, nachvollziehbaren Argumenten begründen müsste, würde er ins Stammeln kommen. Seine Entscheidung beruhte auf einem Bauchgefühl und alle Gründe für diese Entscheidung wären nur im Nachhinein gesuchte.

Kaum hatte Petrow den Hörer vom Ohr genommen, da ging die Sirene erneut los. Verdammt, dachte er, hört das denn nie auf. Er legte den Hörer wieder ans Ohr, sein Vorgesetzter war noch dran.

«Was ist da los?», fragte Ogarkow.

«Wir haben noch einen Fehlalarm», sagte Petrow.

«Noch einen?», tönte es ungläubig aus dem Hörer.

«Ich kläre ab, was hier passiert», sagte Petrow, «und melde mich dann.»

Es gab keinen heißen Draht zwischen Moskau und Washington, wie die Zeitungen gerne behaupteten. Andropow konnte nicht mal eben Reagan anrufen: Wie geht es den Kindern? Und, ach übrigens, hast du den Roten Knopf gedrückt? Bloß vor Raketentests gab man sich per Fernschreiber Bescheid, um nicht aus Versehen einen Atomkrieg auszulösen.

Wieder holte er die Berichte der Offiziere ein. Auch diesmal meldete niemand eine Fehlfunktion — und auch diesmal war auf dem Satellitenbild nicht eindeutig ein Start zu erkennen. Doch es blieb nicht bei diesem zweiten Alarm.

Ein dritter Alarm.

Ein vierter.

Ein fünfter.

Nun leuchtete da nicht mehr START auf, sondern RAKETENANGRIFF, eine höhere Warnstufe. Angeblich flogen nun also fünf Raketen auf die Sowjetunion zu, jede davon bestückt mit einem Sprengkopf, der mehrere Hiroshimas bedeutete. Petrows Kiefer mahlte unablässig, ohne dass er es merkte. Er wischte sich die schwitzigen Hände an den Hosenbeinen ab.

Manche Menschen, wie etwa Offizier Mischin, verloren unter Anspannung die Fassung und waren nicht mehr in der Lage, klar zu denken. Petrow war anders. Sein Verstand schärfte sich in solchen Situationen. Fünf Raketen waren für einen Erstschlag immer noch zu wenig. Ihm kam ein Sprichwort in den Sinn, das auf merkwürdige Weise passte: Niemand löffelt einen Wassereimer mit einem Teelöffel leer. Und auch nicht mit fünf Teelöffeln.

Eine leise, zweifelnde Stimme meldete sich in seinem Hinterkopf: Was, wenn es die Strategie des Feindes war, Verwirrung zu stiften? Fünf Raketen reichten aus, um Moskau und Vorstädte in Schutt und Asche zu legen. Andropow und viele hohe Parteikader waren schon jetzt alt und krank. Wenn die Befehlskette zerschlagen würde, wäre ein rascher Gegenschlag unmöglich.

Aber auf diese leise Stimme des Zweifels hörte Stanislaw Petrow nicht. Er gehörte zu den Menschen, die an einer einmal getroffenen Entscheidung festhielten. Deswegen nannte seine Frau ihn manchmal stur, aber das war keine Sturheit. Er trug nur lieber die Folgen seines Handelns, als ständig die Meinung zu ändern, um mögliche Nachteile abzuwenden. Das taten bloß Menschen mit schwachem Charakter.

Wenn der erste Start ein Fehlalarm gewesen

war, dann auch die anderen. Keine neue Information war verfügbar, also gab es keinen Grund, seine Meinung zu ändern. So einfach war das. Er verzichtete darauf, sich noch einmal bei seinem Vorgesetzten zu melden.

Stanislaw Petrow hatte den Mann vom Radar am Apparat. Das Radar hatte zwar eine begrenzte Reichweite, war aber sehr zuverlässig. Wenn die fünf Raketen auf dem Radarschirm erschienen, gab es keinen Zweifel mehr.

Fünf apokalyptische Reiter.

Petrow räusperte sich. Sein Mund war ausgetrocknet. Ich könnte, dachte er, nicht einmal spucken, wenn ich wollte. Aber warum sollte ich spucken wollen? Du verlierst langsam den Verstand, aber wenn du den Verstand verlieren darfst, dann heute Nacht … Wie kurz vor dem Gang nach Golgatha fühle ich mich. Ob Christus wohl ausspucken konnte, als er den Hügel hochging…? Du verlierst ja wirklich den Verstand.

«Und, sehen Sie etwas?», fragte er den Offizier.

«Noch nicht, es ist noch zu früh.»

«Bleiben Sie dran und melden Sie sofort, wenn etwas auf den Schirm kommt.»

An seinem Ohr lag das Rauschen der Leitung. Zum Glück, dachte Petrow, kriege ich keine roten Flecken im Gesicht, wenn ich aufgeregt bin, so wie Galkin. Der arme, arme Galkin, alle können an seinem Gesicht ablesen, wie er sich fühlt, er kann es niemandem verheimlichen. Mein Gesicht ist anders, an meinem kann niemand irgendetwas ablesen, so ein Gesicht ist mir lieber. So ein Gesicht ist viel wert.

Er fragte sich, ob er richtig entschieden hatte. Jetzt schätzte er die Wahrscheinlichkeit dafür als *fifty-fifty* ein – neben *Overkill* einer der wenigen englischen Begriffe in seinem Wortschatz. *Fifty-fifty*, weil es für beide Möglichkeiten Hinweise gab. Da hätte er ja doch eine Münze werfen können. Einen Außenstehenden hätte man mit den vorliegenden Hinweisen von beiden Möglichkeiten restlos überzeugen können – von einem Angriff wie von einem Fehlalarm.

Was, wenn der Mann am Radar gleich sagte: Da ist eine Rakete auf dem Radarschirm aufgetaucht?

Man würde ihn als Hochverräter festnehmen und sich vor dem Weltuntergang noch die Zeit nehmen, ihn standrechtlich zu erschießen. Aber sein Tod wäre nicht das eigentlich Schlimme. Er würde diese Welt verlassen im Wissen, dass er verantwortlich war für den Tod von Abermillionen. So viele Tote konnte er sich nicht vorstellen, er

hatte in seinem Leben erst eine Handvoll Tote gesehen. Aufgebahrt in offenen Särgen, in Stuben,
an deren Wände der Priester mit Bleistift Kreuze
zeichnete, um die Dämonen zu bannen. Petrow
konnte sich all die Toten, die er gesehen hatte, ne-
beneinander vorstellen, und er konnte sich, mit
Müh und Not, ein Vielfaches dieser Toten vorstellen: fünfzig oder auch hundert. Aber keine Milli-
on. So viele Priester und Bleistifte gab es vermutlich gar nicht.

«Sehen Sie schon etwas?», fragte Petrow.

«Nein, nichts.»

Es war unheimlich still im Kommandoraum. Er
hörte sein Blut in den Ohren rauschen. Wie wild
mein Herz klopft, dachte er, wie wild und laut, die
anderen müssen es doch hören können. Warum
beschwert sich niemand über mein Herz?

Aber keiner der Offiziere beschwerte sich über
sein Herzklopfen, sie blickten konzentriert auf
ihre Konsolen. Der Geruch aber, der im Raum
hing, verriet ihre Anspannung und Erschöpfung.
Es roch wie in der Garderobe eines Boxers nach der
zwölften Runde – nur nicht ganz: Angstschweiß
besaß eine unvergleichliche Note.

Den Offizier Mischin hielt es nicht mehr auf seinem Stuhl, er ging nervös auf und ab. Ein anderer
Offizier konnte nicht aufhören, seinen Schnurr-
bart zu zwirbeln. Niemand sprach es aus, aber alle

dachten dasselbe: Was, wenn es kein Fehlalarm gewesen war?

Auf der Militärschule hatte man Petrows Klasse einen Film über das vernichtete Hiroshima ge-
zeigt. Die Überlebenden verspürten schreckli-
chen Durst und irrten auf der Suche nach Wasser
durch die Ruinen. Bald begann Regen zu fallen, in
so großen Tropfen, dass er auf der Haut schmerzte. Der Regen war schwarz. Die Durstigen wand-
ten ihre Gesichter dem Himmel zu, öffneten ihre
Münder und ließen den schwarzen Regen hinein-
fallen. Petrow kam damals ein Vers aus der Offen-
barung des Johannes in den Sinn: Ein Stern fällt
vom Himmel und macht das Wasser bitter, und die
Menschen trinken davon und sterben.

Ein Detail aus diesem Film erschien Stanislaw
Petrow besonders grausam. Keine verstümmelten
oder verkohlten Leichen, nein: der Schatten eines Menschen auf Steinstufen. Ein Schatten ohne
Mensch. Der Mensch, dem der Schatten gehörte,
hatte hier gesessen und auf die Öffnung der Bank
gewartet. Bevor die Bank öffnete, fiel die Bombe. Der Schatten wurde für alle Ewigkeiten in den
Stein gebrannt.

An diesen Schatten dachte er jetzt. Und er dach-
te an den Schatten seiner Frau, eingebrannt in den
Küchenboden, die Hände zum Schutz vor dem
Lichtblitz erhoben. Er dachte an die Schatten sei-

ner Kinder, eingebrannt in den Asphalt des Schulhofes. Das wäre alles, was von ihnen bliebe, diese Schatten. Wofür lohnte es sich zu leben in dieser Welt der Schatten?

Nicht einmal für Kamtschatka. Nichts bliebe zurück als ein wüstes, verstrahltes Land, die Birken verkrümmt und verkohlt wie abgebrannte Streichhölzer.

Ebenfalls auf der Militärschule hatte man ihnen radioaktiv verseuchte Gewehre in die Hand gedrückt, die sie im Bleianzug so lange schrubben mussten, bis der Geigerzähler nicht mehr ausschlug. Jeder Kadett hasste diese Arbeit, auch Stanislaw Petrow, den das Knacken des Geigerzählers bis in seine Träume verfolgte. Wenn man schon ein einziges Gewehr so lange schrubben musste, wie lange dann erst ein Auto, ein Haus, eine Stadt? Und wie lange musste man einen Vulkan schrubben oder einen Birkenwald?

Der Computer konnte die Schönheit Kamtschatkas nicht lieben, und er konnte auch keinen Menschen lieben, und er kannte die Angst nicht, ihn zu verlieren. Er wusste nicht, was der Tod war, und deswegen wusste er nicht, was es bedeutete, den Roten Knopf zu drücken. Der Computer kannte die eingebrannten Schatten von Hiroshima nicht, die Untoten auf der Suche nach Wasser. Was war für einen Computer das Gefühl von Durst? Genauso wenig verstand er von Macht und Politik, er wusste nicht, dass auf einen Gegenschlag ein Gegengegenschlag folgen würde.

«Wie sieht es aus?», fragte Petrow.

«Nichts so weit.»

Petrow blickte auf die Uhr. Nun dehnte sich die Zeit wieder. Knapp siebzehn Minuten waren seit dem ersten Alarm vergangen, doch konnte er nicht glauben, dass es bloß siebzehn gewesen sein sollten. Er hätte schwören können, dass viele Stunden vergangen waren. Wenigstens drehen sich die Zeiger nur in eine Richtung, dachte er, wenigstens bleiben sie nicht stehen oder drehen sich zurück. Stell dir vor, die Zeit könnte auch zurücklaufen …

Der Mann am Apparat räusperte sich.

«Ja?»

«Mittlerweile müsste die letzte Rakete auf dem Radar erschienen sein. Da wird keine mehr kommen. Sie können Entwarnung geben.»

«Ich danke Ihnen.»

Petrow legte den Telefonhörer auf, schloss für ein paar Sekunden die Augen und atmete tief ein. Er ließ die Luft in einem langen Seufzer entweichen. Er öffnete die Augen wieder und beugte sich über das Mikrofon.

«Entwarnung», schallte seine Stimme aus den Lautsprechern, «ich wiederhole: Entwarnung. Der Himmel ist sauber.»

Ein Aufatmen war hörbar, die Sorge wich Erleichterung. Die Gesichter, eben noch hart vor Anspannung, wurden weich und lächelten.

«Vielen Dank für eure Arbeit.»

Petrow sank tief in seinen Drehsessel. Jetzt, da die Anspannung von ihm abfiel, spürte er, wie groß sie zuvor gewesen war. Ihm tat der Kiefer weh, ihm wurde bewusst, dass er fast unablässig mit den Zähnen gemahlen hatte.

Ich bin zwar, dachte Petrow, zu spät geboren und ohne Uhr aufgewachsen, aber offenbar beherrsche ich die Zeit doch ganz gut. Jedenfalls habe ich keine verschwendet.

Er nahm das Schiffchen vom Kopf, strich das vom Schweiß strähnige Haar aus der Stirn und fächerte sich Luft zu.

Der junge Offizier Galkin stand auf und kam zu ihm herüber, seine Wangen waren noch immer von roten Flecken übersät. Er streckte ihm die Hand entgegen, Petrow war verwirrt, ergriff aber seine Hand, um nicht unhöflich zu erscheinen.

«Vielen Dank, Genosse Oberstleutnant. Das war beeindruckend, wie Sie die Nerven behalten haben. Danke.»

Ihm war es unangenehm, dass jemand ihn beglückwünschte, seine Arbeit getan zu haben. Es ging auch niemand zu einem Schuhmacher und gratulierte ihm, wenn er ein Paar Schuhe fertiggestellt hatte. Was hatte er Besonderes geleistet? Er hatte aufgrund der verfügbaren Informationen die richtige Entscheidung getroffen. Dafür wurde er bezahlt.

Nach Galkin kamen noch weitere Offiziere und streckten ihm ihre Hände hin. Sie waren klamm von getrocknetem Schweiß, wie seine eigenen. Bloß Offizier Mischin, der lauthals einen Gegenschlag gefordert hatte, saß zusammengesunken auf seinem Stuhl. Petrow konnte ihm keinen Vorwurf machen. Es war einfach, aus der erhöhten Warte der Zukunft über die Unwissenheit der Vergangenheitler zu spotten. Wie leicht vergaß man, dass niemand gewusst hatte, wie die Sache ausgehen würde. Petrow wollte später hinuntergehen und Mischin auf die Schulter klopfen.

«Jetzt muss ich erst mal eine rauchen», sagte ein Offizier, dem er gerade die Hand geschüttelt hatte. Neidisch schielte Petrow auf die Papirossa, die jener zwischen den Fingern hielt.

«Darf ich?», fragte der Offizier, als er Petrows Blick bemerkte. Petrow nickte. Wie herrlich wäre es, jetzt eine Zigarette zu rauchen, doch durfte er seinen Posten nicht verlassen. Er war nicht jemand, der Fehler unter den Teppich kehrte und weitermachte, als wäre nichts geschehen. Er musste Spuren sichern, damit der Fehlalarm aufgeklärt werden konnte. Als Erstes würde er Anweisung geben, die Magnetbänder und alle anderen Datenträger in einem Raum zu sammeln, den er abschließen lassen würde.

Die Offiziere durften erleichtert sein, er aber musste sich den Kopf darüber zerbrechen, was die Ursache des Fehlalarms gewesen sein könnte. Lag es am Satelliten? Oder an den Algorithmen, die er mitentwickelt hatte? Und was, wenn das noch nicht das Ende war? Was, wenn gleich noch weitere Alarme schrillten? Es würde eine lange Nacht werden, und er rechnete nicht damit, seine Schicht wie geplant um acht Uhr morgens zu beenden.

«Ach, Genosse?», rief er den Offizier zurück, der mit der Papirossa im Mund weggegangen war. Er nahm die Zigarette noch einmal heraus und hob die Augenbrauen.

«Genosse Oberstleutnant?»

«Bringen Sie mir einen Schwarztee mit. Und machen Sie ihn stark.»

Kurz nach fünf Uhr morgens erschien General Wotinzew. Er hatte einen Anruf erhalten, dass es einen «Zwischenfall» gegeben habe, war sofort in seinen Dienstwagen gesprungen und losgefahren.

Stanislaw Petrow hätte aufstehen müssen, um seinen Bericht zu geben, schließlich stand ein General vor ihm. Seine Beine aber trugen ihn nicht, sie waren selbst jetzt, Stunden nach dem Zwischenfall, wie aus Watte.

«Sie haben sehr besonnen gehandelt», lobte ihn der General, nachdem er seinen Bericht angehört hatte. «Ich werde Sie für eine Beförderung zum Oberst vorschlagen.»

«Vielen Dank, Genosse General.»

General Wotinzew befragte einige Offiziere und verließ die Anlage. Zum Glück, dachte Petrow, ist er schon wieder weg, so funkt uns hier keiner rein. Was er nicht ahnte: Das war erst der Anfang. Drei Tage sollte er in diesem Bunker bleiben, drei Tage, in denen ständig hochrangige Militärs und die Untersuchungsbeamten einer eilig eingesetzten Kommission erscheinen würden.

Um acht Uhr morgens war es ausgeschlossen, dass er seine Schicht planmäßig beendete. Als sich am Abend abzeichnete, dass er über Nacht bleiben musste, beschloss er, zu Hause anzurufen. Aber was sollte er seiner Frau antworten, wenn sie wissen wollte, was passiert war?

Sie wird nicht fragen, dachte er, sie hat noch nie gefragt und wird heute nicht damit anfangen. Aber wenn sie doch fragt, dann sage ich ... ja, was sage ich ihr dann? Technische Probleme, es hat technische Probleme gegeben. Aber dann will sie wissen, was für technische Probleme und wann ich nach Hause komme. Nein, ich muss ihr irgendetwas anderes erzählen ...

Ihm fiel eine Erklärung ein, die ihm glaubwürdig erschien. Er hob den Hörer und wählte die Nummer.

«Hallo?»

«Raya, ich bin's.»

«Stasik? Wo bist du nur? Warum bist du nicht nach Hause gekommen? Ich hab mir solche Sorgen um dich gemacht, Stasik.»

«Wir haben ... wir haben ein unbekanntes Flugobjekt gesichtet.»

In seinem Kopf hatte es besser geklungen.

«Deswegen bin ich noch hier. Hier geht alles drunter und drüber.»

«Du meinst eine fliegende Untertasse, Außerirdische?»

Er konnte sie grinsen hören.

«Keine Außerirdischen, einfach ein unbekanntes Flugobjekt. Wer weiß woher. Es kann noch eine Weile dauern, bis sich alles gelegt hat und ich hier wegkann.»

Wenn ich ihr noch mehr erzähle, dachte er, weiß es morgen das ganze Städtchen. Aber ihm war schon jetzt, als hätte er mehr als nötig gesagt. Ob wohl jemand mitgehört hatte?

Einer der Militärs, die in diesen drei Tagen erschienen, war ein Kommandeur namens Sobinow. Er zeigte ein außergewöhnliches Talent darin, einem auf die Nerven zu gehen. Wieder und wieder verlangte er von Petrow und seinen Offizieren, nach dem Fehler zu suchen. «Ihr sucht nicht gründlich genug!», sagte er, wenn sie abermals keine Ursache präsentieren konnten, und forderte, dass sie noch einmal alle Aufzeichnungen durchgingen.

Gleichzeitig musste der normale Betrieb sichergestellt werden. Als in Sobinows Anwesenheit einmal das Satellitensignal abbrach, was nicht ungewöhnlich war, lächelte er überlegen, als habe er nun selbst die Ursache des Zwischenfalls gefunden.

«Genosse Petrow, kommen Sie her. Was ist das?», rief er. «Warum ist das Signal unterbrochen?»

Petrow zuckte müde mit den Schultern.

«Das hängt vom lieben Gott ab.»

Diese Antwort machte den Kommandeur so wütend, dass er mit dem Fuß aufstampfte wie ein Stier.

«Was soll das heißen, *das hängt vom lieben Gott ab*? Und der Fehlalarm, der war dann wohl ein Scherz des *lieben Gottes*, oder wie?»

«Was wollen Sie? Eine Antwort? Ich habe keine Antwort. Egal, wie oft Sie noch fragen, ich habe keine Antwort.»

Dann kam General Wotinzew ein zweites Mal. Nun strahlte er nicht mehr Erleichterung und Dankbarkeit aus, nun war von einer Beförderung nicht mehr die Rede.

«Genosse Petrow, warum haben Sie das Dienstbuch nicht ordnungsgemäß geführt?», fragte er ihn. Er hatte das Dienstbuch auf dem Pult aufgeschlagen. Kurz glaubte Petrow, er habe unleserlich geschrieben.

«Genosse General, was meinen Sie?»

«Im Zeitraum, als der Computer die Raketenstarts meldete, gibt es keine Einträge. Schauen Sie selbst.»

Petrow schaute ihm über die Schulter. Tatsächlich war die Lücke auffällig, die im minutiös geführten Dienstbuch zwischen null Uhr fünfzehn und null Uhr zweiunddreißig klaffte. Der General blickte ihn fragend an, Petrow erinnerte sich.

«Ich hielt ja in der einen Hand den Telefonhörer, um mit dem Vorgesetzten zu sprechen, in der anderen Hand das Mikrofon, um meinen Untergebenen Anweisungen zu erteilen. Wie hätte ich da noch einen Stift halten sollen, um Einträge zu machen?»

«Warum haben Sie es dann nicht später ausgefüllt?»

«Das wäre Urkundenfälschung. Wie soll ich das einem Untersuchungsbeamten erklären? Der würde mich fragen, wie ich schreiben konnte ohne dritte Hand.»

Petrow fiel es wie Schuppen von den Augen: Hier ging es nicht mehr darum, den Fehlalarm aufzuklären, sondern darum, einen Sündenbock zu finden. Der naheliegendste Sündenbock war er, ein zwar hoher Offizier, aber kein General. Der Vogel oben kackte auf den Vogel unter ihm.

Nun verstand er, was sein Vater gemeint hatte, als er sagte, man müsse manchmal ein Opfer bringen, um das Spiel nicht zu verlieren. Und er verstand, dass er selbst das Opfer war, das er hatte bringen müssen. Ein Bauernopfer hätte nicht genügt. Um den König zu verteidigen und das Spiel nicht zu verlieren, musste man schon einen Springer oder Turm opfern. Hätte er brav weitergegeben, was der Computer meldete, hätte man ihm keinen Vorwurf machen können. Petrow wäre bis zum Ende des Spiels auf dem Brett geblieben, aber sie hätten das Spiel verloren. Und nicht nur sie — auch der Gegner hätte das Spiel verloren, denn es war das Spiel, das keinen Sieger haben konnte.

Raisa hatte zum Abendessen Schtschi zuberei-
tet. Glücklicherweise konnte sie heute ohne Hilfe
gehen. Die Kinder saßen still am Tisch und löffel-
ten ihre Kohlsuppe, nur das glockenhelle Schlagen
der Löffel gegen die Teller war zu hören. So still
waren sie sonst nie, nicht einmal Lena. Sie spür-
ten wohl, dass etwas nicht stimmte. Aber sie frag-
ten nicht. Sie hatten gelernt, nicht nach der Arbeit
ihres Vaters zu fragen. Auch sie fragte ihn niemals,
wie es auf der Arbeit gewesen war, sondern höchs-
tens nach der Busfahrt. Dann antwortete er «holp-
rig» oder «reibungslos», und sie wusste Bescheid.

Wo blieb Stasik nur?

Er hätte heute Morgen nach Hause kommen sollen. Dass er nach diesen Nachtschichten ein, zwei
Stunden später erschien, war nicht ungewöhnlich – aber gleich einen ganzen Tag? Sie machte
sich Sorgen. Bei jedem Geräusch im Treppenhaus
hob sie ihren Kopf und horchte.

Sie konnte ihren Mann nicht mal eben auf der Arbeit anrufen und fragen, wann er endlich nach Hause kommen würde. Nicht einmal eine Telefonnummer hatte sie. Warum meldete er sich nicht bei ihr? Er musste doch ahnen, wie unerträglich diese Ungewissheit war. Oder war er schon längst nicht mehr auf der Arbeit? Aber wo war er dann? Es gab in diesem Städtchen keine Kneipen, in denen man versacken konnte. Außerdem hätte ihm das nicht ähnlich gesehen, er war kein Saufbold. War er mit einer anderen Frau durchgebrannt? Sie lachte so laut, dass ihre Kinder beim Suppelöffeln innehielten und sie überrascht ansahen.

In diesem Städtchen gab jeder vor, weniger zu wissen, als er tatsächlich wusste. Raisa war keine Ausnahme. Gegenüber ihrem Mann spielte sie die Unwissende, aber sie konnte die bruchstückhaften Hinweise aus Beobachtungen und Gesprächen zu einem recht vollständigen Bild zusammensetzen.

Sie wusste, dass es im Wald einen militärischen Stützpunkt gab, und sie wusste, dass es kein gewöhnlicher war, sondern einer von landesweiter Bedeutung. Sie lebten ja nicht ohne Grund in einem geheimen Städtchen. Sie wusste, dass es um den Himmel ging, schließlich las Stasik zu Hause Bücher mit Titeln wie *Himmelsmechanik* oder *Fundamente der Raumflugtheorie*. Er war wohl kaum

Kampfflieger, sein Vater hatte ihn nicht gerade ermutigt, einer zu werden.

Sie vermutete, dass der Stützpunkt der Überwachung des Himmels diente. Wenn Stasik so lange nicht nach Hause gekommen war, musste etwas vorgefallen sein. Ein Probealarm wurde per Telefon angekündigt, aber das einzige Mal, als am Sonntag das Telefon geklingelt hatte, war es der kranke Konowalow gewesen.

Sie schob den Vorhang des Küchenfensters zurück und blickte hoch in den Himmel. Es war einer dieser Tage, an denen keine einzige Wolke am Himmel stand. Plötzlich dachte sie an den Witz, den Stasik ihr erzählt hatte: Man solle sich im Falle eines Atomkriegs in ein weißes Bettlaken gehüllt zum nächsten Friedhof begeben.

Geistesabwesend strich sie Dima über die Haare.

«Mama», rief er empört aus und schüttelte ihre Hand ab, brachte seine Haare wieder in Ordnung.

Dann klingelte das Telefon. Es musste Stasik sein. Raisa stand so schnell auf, wie sie aufstehen konnte, und ging, gestützt auf ihren Gehstock, hinüber ins Wohnzimmer. Sie nahm den Hörer ab und legte ihn ans Ohr. Tatsächlich war es Stasik. Als sie seine Erklärung hörte, warum er nicht nach Hause gekommen war, hätte sie beinahe losgelacht. Sie konnte sich gerade so beherrschen.

Doch war es die einzige Erklärung, die Stasik gab. Sie würde sich mit ihr anfreunden müssen.

«Ihr werdet es nicht glauben», sagte Raisa, als sie zurück an den Tisch kam.

An der Bushaltestelle setzte sich Petrow auf die Bank, weil er fürchtete, umzufallen. Er sah in den Himmel. Es dämmerte, der Mond war untergegangen, als letzter Stern funkelte Sirius.

Der Himmel bietet immer eine Überraschung, dachte er. Wenn du glaubst, die letzte Überraschung erlebt zu haben, ist es in Wirklichkeit erst die vorletzte.

Nun, da die Anspannung nachließ, überkam ihn lähmende Müdigkeit. Während der letzten drei Tage hatte er auf seinem Drehsessel wenig und unregelmäßig geschlafen, nie länger als eine halbe Stunde am Stück. Wie ein Fiebertraum erschienen ihm diese drei Tage nun im Rückblick, er war nie ganz wach, nie ganz schlafend gewesen.

Er zündete sich eine Papirossa an und rauchte sie mit geschlossenen Augen. Der Rauch beruhigte sein aufgewühltes Inneres, sein Kopf wurde leer. Keine Zigarette schmeckte besser als die nach einem Weltuntergang, der nicht stattgefunden hatte. Es war die beste Zigarette seines Lebens.

Der Bus hielt schnaufend, es kostete Petrow Anstrengung, seine Augen zu öffnen. Beim Einsteigen grüßte er den Busfahrer.

«Na, Schichtende?»

Petrow nickte.

Sah man ihm nicht an, dass er eine neunzigstündige Schicht hinter sich hatte? Sein Bartschatten musste ihn doch verraten. Einen Oberstleutnant, der nicht sauber rasiert war, gab es nicht. Er ließ sich auf den nächsten freien Sitz fallen, der zufälligerweise neben dem des Fahrers lag. Der missverstand diese Geste und begann, fröhlich drauflos zu plappern. Er beschwerte sich über Fahrgäste, die kein passendes Kleingeld dabeihatten und ihn zwangen, langwierig Wechselgeld herauszusuchen.

Wenn er nur wüsste …

Wenn er nur wüsste, dass alles, was er kannte und liebte, um ein Haar zu Asche und Staub zerfallen wäre … dann würde er sich jetzt nicht über Fahrgäste mit fehlendem Kleingeld ärgern. Dann wäre er dankbar, einen weiteren Sonnenaufgang erleben zu dürfen. Und dasselbe galt für jeden Menschen in diesem Bus, für jeden Menschen in diesem Land, für jeden Menschen auf dieser Erde. Wenn die Menschen nur wüssten, wie knapp sie ihrer Auslöschung entkommen waren.

Petrow stieg aus, wo er immer ausstieg. Am Kontrollposten zeigte er seinen Passierschein vor und betrat durch das Eisentor das geheime Städt-chen. Er sah, wie die Menschen ihre Häuser ver-ließen, um zur Arbeit zu gehen, wie sie ihre Wä-sche draußen aufhängten, wie sie stehen blieben, um ein Schwätzchen zu halten. Sie wussten nichts von den siebzehn Minuten, in denen sich ihr Schicksal entschieden hatte. Null Uhr fünfzehn bis null Uhr zweiunddreißig. Die meisten von ih-nen hatten wohl geschlafen, manche schon ge-träumt. Was sich innerhalb dieser siebzehn Minu-ten zugetragen hatte, durfte er niemals jemandem erzählen. Niemals. Es musste sein Geheimnis bleiben. Am besten dachte er nicht weiter darüber nach, am besten tilgte er diese siebzehn Minuten aus seinem Gedächtnis. Wenn das nur so einfach wäre. Leider war das Gedächtnis kein Magnet-band, das mit einem Magneten gelöscht werden konnte.

Er gelangte zum Wohnblock, in dem er lebte. Die Nachbarskatze tauchte auf, strich um seine Waden und miaute. Er öffnete seine Brotdose und legte ihr den Rest seines Butterbrotes hin. Immer wieder hatte er sich in den letzten Tagen gezwun-gen, davon zu essen. Doch war ihm ständig so flau im Magen gewesen, dass er nicht das ganze Butter-brot geschafft hatte.

Die Katze guckte ihn empört an.

«Mehr habe ich nicht dabei. Ich bringe dir später etwas vorbei. Erst mal muss ich ein wenig schlafen.»

Petrow war voller Vorfreude, sich bald in sein Bett fallen zu lassen und dem Schlaf zu ergeben. Im Schlaf musste man nicht nachdenken und keine Entscheidungen fällen. Im Schlaf konnte man jeden Ort besuchen, man konnte sogar über die Vulkane und Birkenwälder Kamtschatkas fliegen. Die Vulkane und Birkenwälder, die es weiterhin geben wird und die niemand im Bleianzug schrubben muss, bis der Geigerzähler schweigt.

Petrow ging das Treppenhaus hoch, bis er vor der Wohnungstüre stand. Er trat seine Sandalen auf der Fußmatte ab, drückte die Türklinke herunter und trat ein. Der Geruch von Buchweizenbrei und Butter lag in der Luft, die Kinder klapperten fröhlich mit dem Besteck.

«Stasik?», hörte er Raisa rufen.

«Ich bin's», rief er zurück.

Stuhlbeine scharrten, ein Stock klackte, Raisa erschien im Flur. Sie ergriff seinen Unterarm, in ihrem Gesicht las er Bestürzung und Sorge.

«Mein Gott, Stasik, wie siehst du denn aus? Hast du nicht geschlafen?»

Sie schien erleichtert, dass er wieder da war, aber auch verstimmt über seine mehrtägige Verspätung. Er gab ihr einen Kuss und umarmte sie. Er spürte, wie sich die Anspannung in ihrem Körper langsam löste.

«Ich bin sehr, sehr müde. Du kannst dir nicht vorstellen, wie müde ich bin.»

Sie zog ihn am Arm in die Küche, wo seine Kinder ihn mit großen Augen anschauten, als würden sie ihn nicht wiedererkennen. Er gab erst Lena, dann Dima einen Kuss auf den Scheitel. Seine Mutter hatte einmal gesagt: Sei froh, dass du nach Hause kommen kannst, denn eines Tages wird dein Zuhause nicht mehr da sein. Das Haus wird noch da sein, aber die Menschen darin nicht mehr.

Aber sie waren noch hier.

Nicht nur ihre Schatten.

Petrow setzte sich auf den freien Stuhl, nahm sein Schiffchen vom Kopf und legte es auf den Tisch.

«Was ist passiert? Warum kommst du erst jetzt nach Hause?», fragte Raisa. Ihr Ton war besorgt, nicht vorwurfsvoll. Petrow wusste nicht, was er antworten sollte.

Da hellte sich ihre Miene plötzlich auf.

«Sind etwa noch weitere fliegende Untertassen aufgetaucht?»

Sie lachte ihr Lachen.

«Ich habe es den Kindern erzählt. Sie sind

schon ganz gespannt, wie die Untertasse ausgesehen hat.»

«Später, später. Jetzt bin ich zu müde. Jetzt muss ich schlafen.»

Vor dem Spiegel im Badezimmer verstand er, warum seine Frau erschrocken war und seine Kinder ihn mit großen Augen angeschaut hatten. Nicht nur einen Bartschatten hatte er, unter seinen Augen hingen Tränensäcke, seine Wangen waren eingefallen. Er sah aus wie der Tod. Er war zu müde, um sich zu rasieren. Nachdem er seine Uniform abgelegt hatte, ging er zu Bett.

Obwohl er so müde war, konnte er nicht einschlafen. Selbst zum Einschlafen war er zu müde.

Ein Dämon setzte sich auf seinen Brustkorb. Keiner der Dämonen, die nach dem Tod eines Menschen ihr Unwesen trieben und die mit Bleistiftkreuzen gebannt werden konnten. Dieser Dämon war ihm das erste Mal im Studium begegnet und hatte sich in seinem Kopf eingenistet. Erschaffen hatte den Dämon ein Franzose namens Laplace, der folgendes Gedankenspiel angestellt hatte: Wenn es ein Wesen gäbe, das Ort und Geschwindigkeit jedes Teilchens im Universum kennen würde, wenn das Wesen dazu um alle Gesetze wüsste, welchen diese Teilchen unterworfen waren — dann würde dieses Wesen zum allsehenden Dämon, vor dessen glühenden Augen sich Vergangenheit und Zukunft ausbreiteten.

Hätte der Dämon gesehen, wie er sich entscheiden würde, bevor er sich entschieden hatte?

Der Dämon hätte sein ganzes Leben im Blick. Er sähe, dass er zu spät geboren war, er sähe, wie er als Junge in den Himmel schaute, er sähe, was ihn sein Vater beim Schach über das Leben lehrte, er sähe seine Bewunderung für die Schönheit Kamtschatkas, und er sähe Raisa, immer wieder Raisa. Von jeder einzelnen Erfahrung, die in jenen siebzehn Minuten sein Urteil formte, besäße er Kenntnis. Wenn all seine Erfahrungen hingeführt hatten zu diesem Urteil, wie frei war es gewesen? Jetzt, im Rückblick, erschien es Stanislaw Petrow, als hätte er nur so und nicht anders entscheiden können.

Aber du weißt, dachte er, dass das nicht stimmt, du hättest genauso gut anders entscheiden können. Konowalow hätte ganz bestimmt anders entschieden. Was, wenn er nicht krank geworden wäre, wenn er planmäßig die Schicht geleitet hätte? Wenn Konowalow jeden Morgen kalt duschen würde, so wie ich, dann wäre er nicht krank geworden. Er hätte sich nicht getraut, das Urteil des Computers anzuzweifeln, weil er nicht versteht, wie es zustande kommt. Und wenn er nicht beim ersten Alarm eingeknickt wäre, dann ganz bestimmt beim zweiten, spätestens beim dritten. Ja, keine Frage, nach dem dritten Alarm wäre er überzeugt gewesen, dass die Amerikaner angreifen. Gott sei Dank duscht er nicht jeden Morgen kalt ... Aber was hätte es gebraucht, dass du anders entschieden hättest? Nicht viel. Ein paar Raketen mehr. Wie viele mehr? Wenn es fünfzig gewesen wären, dann hätte ich keine andere Wahl gehabt, als einen Angriff zu melden. Aber jetzt musst du aufhören, darüber nachzudenken, das bringt nichts. Wenn du weiter darüber nachdenkst, wirst du noch verrückt.

In diesem Moment traf er eine Entscheidung, um nicht verrückt zu werden. Er entschied sich zu glauben, dass jeder andere an seiner Stelle gleich gehandelt hätte. Nur so würde er seinen Verstand behalten.

Sollte er ein wenig Wodka trinken? Ein Gläschen würde schon helfen, seine Nerven zu beruhigen. Er verließ das Bett und ging zur Vitrine im Wohnzimmer, in welcher die Flasche Stolichnaya auf besondere Gelegenheiten wartete. Viele Jahre später würde ein englischer Journalist behaupten, Petrow habe eine halbe Flasche Wodka geleert und dann achtundzwanzig Stunden geschlafen. Doch Petrow schenkte sich nur ein Gläschen ein, stürzte es hinunter und legte sich zurück ins Bett.

Raisa öffnete die Tür und ging ins Schlafzimmer. Sie blickte auf ihren schlafenden Stasik, auf sein eingefallenes, abgehärmtes Gesicht. Sie begann zu weinen und konnte nicht aufhören zu weinen, obwohl sie nicht wusste, warum sie weinte. Sie weinte so lange, bis sie sich ausgeweint hatte.

Und dann lachte sie.

Sie lachte das Lachen, wegen dem ihr Mann sie geheiratet hatte. Das Lachen, das er geschworen hatte zu beschützen. Manchmal war es das einzig Vernünftige zu lachen.

# NACHWORT

Stanislaw Petrow, der Mann, der nichts tat und so die Welt rettete, wurde nicht befördert. Hätte man ihn befördert, hätte man sich einen anderen Sündenbock suchen müssen. Darüber, was in der Nacht des 26. September 1983 genau geschah, sprach Petrow weder mit seiner Frau noch mit seinen Kindern. Auf Druck seiner Vorgesetzten reichte er 1984 sein Austrittsgesuch beim Militär ein und übernahm einen Posten bei einer Firma, die Teile für das Frühwarnsystem hergestellt hatte. Damit endete seine Rolle als Geheimnisträger freilich nicht. Hin und wieder klingelten Geheimdienstler an seiner Tür, die sich als Journalisten ausgaben. Sie wollten wissen, ob er für das Frühwarnsystem gearbeitet hatte. Er verneinte, sie verwechselten ihn wohl mit jemand anderem.

Erst 1992, kurz nach der Auflösung der Sowjetunion, plauderte General Wotinzew die Begebenheit in einem Zeitungsartikel aus, der den wunderbaren Titel «Die unbekannten Truppen eines verschwundenen Landes» trug. Er erwähnte Stanislaw Petrow namentlich und lobte ihn für sein besonnenes Handeln. So erfuhr die Familie Petrow erstmals vom Zwischenfall. «Sie hätten einmal die Augen meiner Frau sehen sollen», sagte Petrow. Er erhielt Dankesbriefe und Geschenke aus der ganzen Welt: Eine Engländerin sandte ihm ein Kilo Kaffee, Amerikaner schickten ihm Kassetten mit einem Englisch-Lernkurs.

Und immer wieder machten sich Menschen zu ihm auf, um sich persönlich zu bedanken. Nach dem frühen Tod seiner Frau und dem Auszug seiner Kinder lebte Stanislaw Petrow Ende der Neunziger in Frjasino im Oblast Moskau. Mit seiner Rente von tausend Rubeln hätte er sich in einem schicken Café in der Innenstadt Moskaus gerade einmal zehn Tassen Kaffee leisten können. Einer der Menschen, die bei ihm klingelten, um sich zu bedanken, war Karl Schumacher, ein Bestatter aus Oberhausen. Er hatte in einer Zeitung gelesen, was Petrow 1983 getan – oder eben nicht getan – hatte, und sich kurzerhand entschlossen, übers Wochenende nach Moskau zu reisen. Stanislaw Petrow merkte offenbar, dass es sich bei Schumacher weder um einen Geheimdienstler noch um einen Journalisten handelte, denn er bat ihn herein.

Aber an Petrows Tür klingelten nicht nur Menschen, die ihm wohlgesinnt waren. Nachdem der

dänische Regisseur Peter Anthony von Petrow gehört hatte, wollte er unbedingt einen Dokumen-
tarfilm über ihn drehen. Er wollte tief in Petrows
Gefühlswelt eintauchen, wogegen jener sich angeblich mit den Worten wehrte: «Ich bin russischer Oberstleutnant, ich rede nicht über Gefühle.» Anthony aber hatte das Drehbuch schon
geschrieben, und seiner Fiktion ordnete er die
Wirklichkeit rücksichtslos unter. Es kam ein miss-
glückter Film heraus, der die Grenzen zwischen
Dokumentation und Spielfilm auf fahrlässige Weise verwischt. Stanislaw Petrow spielt einen Stanislaw Petrow, der mit dem echten Stanislaw Petrow
wenig zu tun hat: Er erscheint als saufender, flu-
chender, jähzorniger Mann. Nachdem Petrow den
Film gesehen hatte, wurde er Journalisten gegenüber äußerst misstrauisch.

Ich habe meine Erzählung auf Aussagen derer
gestützt, die Stanislaw Petrow kannten, und auf
seine Originaltöne aus Interviews. Trotzdem habe
ich mir gewisse künstlerische Freiheiten erlaubt.
So war Petrow tatsächlich Boxer, aber ob er Schach
spielte, weiß ich nicht. Und auch kann niemand
wissen, was Stanislaw Petrow in der Nacht des
26. September 1983 tatsächlich dachte und fühlte.

Die Untersuchungskommission übrigens kam
zum Schluss, dass Wolken das Sonnenlicht auf
eine Weise reflektiert hatten, dass der Großrechner

einen Raketenstart meldete. Das Ergebnis wurde vor Petrow und den beteiligten Offizieren geheim gehalten, «wahrscheinlich, damit wir nicht zu laut lachten», wie Petrow später sagte. Ingeborg Jacobs gibt in ihrem bemerkenswerten Buch über Stanislaw Petrow, das mir beim Schreiben meines Buches eine große Hilfe war, eine viel glaubhaftere Erklärung: Der Fehlalarm sei auf Phantomdaten zurückzuführen, die zum Zwecke eines Probealarms in den Großrechner eingespeist worden waren. Ein ähnlicher Fall hatte sich 1979 auf amerikanischer Seite ereignet.

Sicherheitssysteme führen nicht immer zu mehr Sicherheit, sondern mitunter zu einem höheren Risiko eines Unfalls. Der britische Autor Tim Harford beschreibt dieses Phänomen als *Galileo's principle*. Galileo beobachtete, wie Marmorsäulen brachen, nachdem man die beiden Balken, auf denen man sie lagerte, zur Sicherheit durch einen dritten in der Mitte ergänzte. Genau in der Mitte, über der neuen Stütze, brachen die Säulen entzwei. In gleicher Weise haben die Übungen, die auf sowjetischer und amerikanischer Seite durchgeführt wurden, um die Sicherheit zu erhöhen, beinahe zu einer Katastrophe geführt.

Ich wünschte, ich hätte mir die Strategie der «Toten Hand», von der in meiner Erzählung die Rede ist, nur ausgedacht. Im Jahr 1985 aber wurde tatsächlich ein solches System eingerichtet, das offiziell den Namen *Perimetr* erhielt. Ununterbrochen wurden auf dem sowjetischen Territorium Radioaktivität, Temperatur und seismische Aktivitäten gemessen. Falls diese zunahmen, wurde eine Anfrage an den Generalstab gesendet, und wenn der keine Antwort gab, veranlasste das System automatisch einen Raketenstart. Angeblich ist das System heute nicht mehr automatisiert und benötigt Menschen, die den Befehl bestätigen.

Stanislaw Petrow wollte nicht als Held gesehen werden. Bertolt Brecht lässt seinen Galileo sagen: «Unglücklich das Land, das Helden nötig hat.» In der Tat wäre es betrüblich, wenn nur Helden so hätten handeln können wie Petrow. Wir brauchen keine Helden, wir brauchen Stanislaw Petrows.

Lukas Maisel, Juli 2024

# DANK

Ich danke Dimitri Petrow und Karl Schumacher für ihre Auskünfte zur Person Stanislaw Petrows. Severin Sertore, Nicola Tams und Valya Frolova danke ich für ihre wertvollen Rückmeldungen beim Schreiben dieser Erzählung. Alfio Furnari und Anna Humbert möchte ich für ihre Arbeit und ihr Vertrauen danken.

Und ich danke Lionel Richie für den Ratschlag, den er in der Dokumentation *The Greatest Night in Pop* zitierte und den ich Petrows Mutter in den Mund gelegt habe. Sein Vater habe einmal zu ihm gesagt: «‹Enjoy coming home, because there's gonna come a time when you can't go home.›

I said: ‹Dad, what does that mean?›

He said: ‹Well, the house will be there. The people in the house won't be there.›»

2. Auflage März 2025

Originalausgabe
Veröffentlicht im Rowohlt Verlag,
Kirchenallee 19, 20099 Hamburg, März 2025
Copyright © 2025 by Rowohlt Verlag GmbH
Die Nutzung unserer Werke
für Text- und Data-Mining im Sinne
von § 44b UrhG behalten wir
uns explizit vor.
Satz aus der Nassim Latin
Gesamtherstellung CPI books GmbH, Leck
ISBN 978-3-498-00730-0

Kontaktadresse nach
EU-Produktsicherheitsverordnung:
produktsicherheit@rowohlt.de

## Weitere Titel

Buch der geträumten Inseln

Tanners Erde

MIX
Papier | Fördert
gute Waldnutzung
FSC® C083411